菜鸟也疯狂

——三个京漂的“白骨精”之路

菜鸟也疯狂

——三个京漂的“白骨精”之路

王鹤然 著

黑龙江教育出版社

其实，没有谁能帮得上你（代序）

你经常感觉筋疲力尽，时常迷茫在城市街头。但是，没有谁能帮得上你，包括励志大师。能让你强大起来的，只有你本人。

众多城市奋斗者的经历一次又一次证明了，大师们的励志名言一点都不值钱，不管他是在培训现场口吐莲花，还是在书中乱说狠话，来制造感染你的氛围，对你而言，都是废话，没有价值。

也不必过于费心寻找能帮助你的贵人，如果你能现实一些，比如不再浮躁，那么你自己就是那位贵人。成功就像一只蝴蝶，它一直在挑逗你，你追逐它时难以到手。当你安静地坐下来，它却可能悄悄落到你身上。

想与成功的高富帅们较劲，你就得在观念、心态和习惯方面下手，没有别的办法，只有这样，矮穷丑和准高富帅们才有出路。但心态、习惯这类东西谁都没法送给你，包括爹妈、领导以及各路大师、大神和明白人。

我们总是迷信励志大师，迷信大师们写的书。我们的书架上总是摆着许多大师们写的励志指南，虽然书里面的公式很多，却没有一条适合普通人的生活。

有这样一位白领，他想混得更好些，成为公司的骨干、精英，就跑去拜访励志大师，请教升职加薪的“白骨精”之道。

大师却一言不发，平静地转过身去，先按下电脑开机键，然后擦桌子，再把杯子、书本一一摆好。

白领恍然大悟，说我明白了，您是在告诉我做事应该讲求方法，不要莽撞提出升职加薪要求。

大师放下手中的活计，淡然地说道："走开走开，我刚刚上班，正忙着呢，别跟我扯这些用不着的东西，如果有业务就介绍给我，没有就滚蛋吧。"

是啊，励志大师还不知道他的下一顿饭在什么地方呢，哪有闲工夫指点你？除非你带着咨询费上门，他才会笑逐颜开。

想在职场吃得开，靠自己吧！

陈迎宾上进心很强，也很机灵，但没有一个足够强大的"好爹"。于是，走出校门后，就只好与大学同学张文化一起成了京漂。张文化天性懦弱，在复杂的职场中懵懵懂懂，跌跌撞撞。而他的同乡李和平虽然有了一定的事业基础，却总是无法在京城落地生根。

张文化、陈迎宾和李和平三个人，就这样混迹于京城一张张似善似恶的面孔中，漂浮于是是非非的世事里。

当张文化在职场中跌得狼狈不堪时，陈迎宾就叹着气说，猪啊，你怎么混得这么猥琐？张文化只好自嘲，说猪也会有春天的，慢慢熬吧。

当陈迎宾为了出路而不择手段时，张文化叹着气说，哥们，这么不厚道谁还跟你玩啊？陈迎宾不以为然，说厚道能解渴吗？你厚道，那就一辈子做个京漂吧！

李和平说，各走各的路，饥饱自知，有什么可争的？

话虽这么讲，但三个人都清楚，任何人在城市里混，除非生而富贵，没有谁能帮得上你，想从人海中杀出一条路来，就只能靠自己。

靠自己，信自己，这是唯一可以依赖的法宝。

但是，路还长……

Contents

目录

下　篇

上篇

上篇

1. 引子

这个城市，实际就是一个千百万人共同忙乱的地方。在这个大舞台上，有人是 VIP，有人只是个 IP，有人连个 P 都不是。

每天早晨，大片的楼宇就把四面八方汇聚而来的人海吸进去，傍晚再放出来。这人海中的每一分子虽同处一个天地，状态却有天壤之别，有人傲然端坐，骄横跋扈；有人自命不凡，冷峻清高；有人乐享纨绔，沉迷歌舞；更多的人则如蝼蚁奔波，穿梭忙碌，甚至连喝水抹汗的时间都很紧张。

最后这一类人，基本都是京漂，不论有没有北京户籍，都在漂着，且都有一个“北京梦”。

京漂虽然都在漂，但并不一定没有实力，只是没有清楚地认识到身体中充盈的力量。就如同狮子比驯兽师强大得多，但这一点只有驯兽师知道，观众也知道，可是狮子却不知道。好多京漂都是这样，只有等到彻底迷失了，才想起了解自己。

张文化就是这群蝼蚁中的一员，不过此时倒是很悠闲。开会，是他这类人难得的享受时间。

2. 率真不是装出来的

【画外音】

有人喜欢装狠，为了向他人表现自己的实力，就故意说狠话，说浑话，一些老板为了震慑员工就这么干。还有人为了表现纯真而装傻，一些员工为了在老板面前表现真诚就这么干。

而张文化是真傻，不是装的，且傻得可笑，所以很多人都看不起他。其实，张文化不是真的没能力，他这只住在地下室过道里的老鼠，只要向楼上多看一眼，再歪着头想想，接下来就会一发不可收拾。可悲的是，当前什么事情都没发生。

但有一个人却不这么看。

图书部主任武友谊把一摞书摔到桌子上，对着他的20多个部下大发脾气。

"职场励志已经被山寨了好多年，现在还有一大群人以此谋生，坑害糊里糊涂的年轻人。遗憾的是，诸位就在这一大群人里，指望你们策划出读者需要的励志书，这本身就是一个狗血励志故事！"

武友谊对手下编辑从来都不客气，大家也被骂习惯了，挨了骂却嘻嘻哈哈。

张文化是做版式设计的，且刚进公司不久，觉得主任的话与自己无关，就心不在焉，耳朵听着训话，眼睛却一会瞟下窗外三环主路上缓慢移动的车流，一会瞟下主任身后墙上挂的横幅。那横幅写的是"尔曹身与名俱灭，不废江河万古流"。陈迎宾曾告诉他："那是杜甫诗里的一句，说的是你丫还折腾什么啊，费了吃奶劲弄来的功名总会消失，这世界该怎样还怎样！"

张文化知道这字是老板写的，却不明白写这些字是出于何种心情。

主任还在说："看你们拼凑的成功励志书，还不如去看那些老套的清宫辫子戏，至少比书里没完没了的说教吸引人。我就不明白，你们从能听懂人话开始，长到现在这么大，一直都在被爹妈、老师和领导用大道理教育着，就不觉得烦吗？既然你们都烦那些大道理，为什么还在自己策划的励志书里一遍又一遍地教育人家读者呢？”

有人小声嘀咕：“没这么严重吧？”

“你们这些丧失了羞涩本能的人，真是不可救药。难道现在的读者都傻了，甘心花钱买书看你们讲废话？如果还打算靠编凑这些狗血成功学混日子，你们职场励志项目室就准备关门吧！”

老武说话时唾沫四溅，下巴上扬，眉心紧皱，看来真的生气了，职场励志室的那几个人就不再嘀咕了。

这是一家综合传媒公司，经营着图书、影视、广告等多种业务，张文化在图书部图文项目室，做排版设计。

公司的老板叫石红旗，是位名气很大的商人，旗下还经营着房地产、保健品和网络游戏。老板有个兄弟叫石建设，就是这家传媒公司的董事长。

武友谊的确是急了，因为这半年来，职场励志项目室策划的书，几乎出一本就赔一本。石建设很不满，打算要把该项目室精简掉，人员都辞退。

武友谊正骂着，外面人声嘈杂，大老板石红旗和二老板石建设，带着一大群公司高层进来了。

石红旗看上去50来岁，面白瘦高，重眉细眼，面无表情，穿着休闲装，一步三摇。石建设30多岁的样子，西装革履，五短身材，目光游移，一脸狠相。

张文化曾经在街边报亭摆的财经杂志上，看到过大老板的图片，不过杂志上是个神采飞扬的商界精英，与眼前的判若两人。进公司两个月了，张文化还是头一次见其本人，乍一看，好像算命先生，只是细眼缝里露出来的眼神，透着一丝寒意。

武友谊恭敬地请大老板讲话，石红旗却慵懒地把身子蜷进座椅，只摆了一下手，意思是不说了。

武友谊又请二老板讲话，石建设说：“职场励志室做的书一直亏钱，你们不是这块料，策划不出好选题，写不出好内容，干脆撤了吧。整个图书部也得考虑以后的出路，出版这一块只是收支持平，赚不到钱，如果不是公司影视活动方面的带动，应该就是亏损状态，还腆个脸混什么啊？”

石家兄弟高高在上，公司众高层则像文武官员，威严侍立，而图书部的编辑们就好像一群被裁决者，低头无语。

武友谊为缓和局面，就干笑一声，说职场励志方面的书以后要少做，做的话也只做有市场把握的选题。然后，就让大家发表看法，表个决心。

可在这样的场面，大家都不出声，怕说错话。

武友谊只好点将，先让职场励志项目室的室长老周说。老周小心翼翼地说了一堆似是而非的话，说完就主动让手下表决心，大家只好跟着表态。

看二老板依然面色冷峻，大老板还是面无表情，老武只好继续点将，让其他项目室的人发言。大家就挨着说，有的站起来啰啰嗦嗦，顾左右而言他，有的只讲三言两语就坐下了。

轮到张文化了，他挺茫然，因为无话可说，只好扯点废话了事。于是就顺口说，职场励志图书还是可以做的，虽然现在这类图书整体上都很滥，但读者还是需要的，市场还是很大的，只要我们调整一下选题策划思路，别再滥中摆滥就行了。我们出的励志书并不是内容有问题，而是没找到合适的形式让读者乐于接受。我们总是试图教育读者，其实应该做的是，找到读者喜欢的交流方式，与读者进行有效的交流，这才是最重要的。至于读者需要什么，那么简单且最原则的事，还有必要讨论吗？

张文化轻松地说了几句自认为无关痛痒的套话，就坐下了。但一看武友谊，却是面色严峻，又向公司高层那边望了一下，看到二老板脸上横肉直颤。

员工发言完毕，大老板就起身走了，公司大小头目也立即跟随。

走到门口，石红旗站住了，指了一下张文化，对武友谊说，既然那孩子口气大，就让他去做策划好了。

武友谊愕然，问："您说的是张文化吗？"

大老板没答理，径直走了。

武友谊虽然已经50多岁了，身为副总裁和图书部主任，又是公司的重要元老，但在大老板面前却一点面子都没有。在公司里，石家兄弟对任何人都如此，相反，大老板若是客气起来，就不正常了。

在场所有人都听到了大老板说的话，都挺惊诧，因为张文化并不懂选题策划。

回到家，张文化把这事讲给陈迎宾，陈迎宾说你讲话也太随意了，可能因此捅了大娄子。

张陈二人是大学同窗，毕业后，都没回老家，而是相约留在北京找工作，实现"北京梦"。二人在通州各租了一间半地下室，张文化是单身，而陈迎宾同女友生活在一起。

他们二人也供职于同一家传媒公司，张文化做的是朝九晚五的全职图文设计，陈迎宾的工作内容与张文化一样，但只是兼职，白天在家做设计，晚上还要到亲戚开的饭店里帮工。

陈迎宾说："你今天的发言，可能无意中顶撞了二老板，还让主任难堪。同时，又让大老板觉得你口气太大。"

听了陈迎宾的话，张文化有点不安。是啊，人家二老板已经说职场励志图书做得不好，应该撤掉，自己却唱反调，说可以继续干下去。

为了应付差事而信口胡说几句，却惹了麻烦，张文化后悔不已，想想二老板那捉摸不透的目光，就感到一股寒意。

张文化总觉得陈迎宾的城府比自己深，虽然他并不坐班，只是偶尔到公司取任务回家做，但对公司的情况，比自己看得还要准。

【内心独白】

石建设说

不知道老大为什么看好张文化，因为他率真？还是因为他口气大？

天下乌鸦一般黑，所有的员工都想少干活多拿工资，所有下属都在算计老板。别对我说应该以诚相待，我最烦这个。

张文化这是率真吗？我看不出来，谁知道他那呆呆的外表下，内心想的是什么。哪个员工对老板没有戒心，哪个老板不在处心积虑地琢磨员工？

率真？骗鬼呢。

武友谊说

我看不出张文化这人是率真还是在装人，如果是率真，那他今后的职场一定不会顺利，难免起起落落。如果是在装人，故意摆出一副老实、真诚的样子给老板看，那他也太老到了，从他的表现中，一点也看不出故作姿态的痕迹。

我这个50多岁的人真是老了，越来越感觉同手下这些年轻人没有共同语言，也越来越看不透他们。

我管理过形形色色的员工，各种各样的人都有，有的员工沉稳内敛；有的员工单纯率真；有的员工阳光开朗；有的员工多疑、爱计较；有的员工家教好、素质高。可是这都不重要，我只看他是不是认真对待老板，是不是认真对待自己的前途。

老板都比较喜欢张文化这样的员工，因为他看起来比较简单，对工作也比较投入，而不是装腔作势，或是故作老成。

现在的年轻人往往玩世不恭，总是作出一副高深莫测的样子，从而让你看不透，无法与他交心。

在开会的时候，我总是告诫这些年轻人，想混得好，就得真诚。要对同事真诚，也对公司真诚。但很少有人能听得进去，你说的话对他来说就是耳边一阵风。

张文化说

那时是被逼到角落里了，不得不说，至于说了什么，当时我都不知道，虽然是从我的嘴里说出去的，但几乎没走脑子。

不知道是福是祸，这世道太复杂了，我怎么看都看不明白，爱谁谁，随它去吧。

陈迎宾说

张文化这人太老实，老实的有些呆，有一说一，想什么就说什么，他知道祸从口出的道理，可是讲话却不过脑子，不吃亏才怪呢！

石红旗说

凭直觉，张文化是一个不错的苗子，如果走正了路一定能有所出息。可是这样的好苗子我见得多了，最终能出人头地的，少之又少。

有本事的不一定能成功，有干劲的也不一定有出息，如果都像一加一等于二那么简单，这世界还有意思吗？是骡子是马，跑起来看吧。

阅人是一门学问，员工在老板面前就像是一群鱼，一条一条地游过去，老板俯身看着这些鱼，但大多情况下很失望，没顺眼的。不过，当张文化游过来时，却让人耳目一新，新在什么地方？就是他的阳光、透明，当大家都想把自己装饰得花里胡哨，一个简单、率真的形象却是最为夺目的。

我从来就没指望手下的员工完美无缺，那样的人是不存在的。我不怕员工有缺点，更不怕员工有个性，同样不怕员工犯错误。都是年轻人，你不给他们犯错误的空间他们就没法成长，任何人的成功都是用一系列的错误堆积起来的。但你得真诚，否则在上级眼中，就没有发展基础了。

【画外音】

张文化为了应付场面，只好顺口胡扯几句似是而非的话。但人都是这样，在没有十足准备情况下仓猝出口的言语，基本上都是发自内心的。

也正是由于张文化在急切之中，来不及装扮，反而表现出了一个刚刚步入社会不久的年轻人应该具有的质朴和率真，所以才会得到大老板石红旗的认同，从而指示武友谊调他去从事图书选题策划。

其实，我们每个人身上都有率真品质，只是在职场和生活中，出于各种现实需要，把这种率真状态给扭曲、遮蔽掉了。

石红旗是一位成功的大老板，纵横商场，阅人无数。不过，他常见的人大都已做过精心装扮，给自己打造了一个漂亮的壳。你很难通过这层精心装扮的壳，看到其真实的内心。

因此，当他看到了张文化那种清澈见底的率真，就从心底产生一种好感。张文化这种率真神态，石红旗在身边众高管的面孔上是无法找到的，几乎所有人都为了讨好他，而说着言不由衷的话，或公式化的语言。

石红旗如此成功，待人处事自然极为理性，他知道，张文化率真磊落的个性正是员工缺少的。他最需要的不是听话的奴才，也不是善于"装人"

的下属，他更需要真诚的具有创造力的员工。

而张文化对于成功励志图书策划，虽然是门外汉，可急切之间脱口而出的几句话，却说到了点子上。

在各家书店的成功励志类书架前，虽然很多挑书的人总是叹息“很难找到一本好书”， 一年里也看不到几本好书面世，可前来挑书的人却还是络绎不绝，因为大家需要这类书。

现在，大量的成功励志书，总是忙着给读者虚构一个很美丽的前景，以成功来诱惑读者，可其中所提供的方法却总是那么空洞无力，不切实际。

一方面是大量的成功读物充斥书店，另一方面是读者找不到想要的书。那些编来攒去的书过度开发了读者的期望，翻看以后却只能得到空虚和又一次被忽悠的恼怒。谁愿意被公式化的成功励志大道理牵引着，在虚无的书中接受洗礼呢？

这是一个充满了喧嚣和不安的时代，又是一个充满了机会、生机勃勃的时代，但奋斗在这个时代的人，同时也感到压力重重，所以就特别想获得帮助。读一本修身养性或成功励志类的书，就是个好办法，要是能从书里或多或少地捞出一些干货，对职场和生活一定能有所帮助。

尤其是年轻人，消费和攀比心理所造成的压力，始终挥之不去。于是，《帮助你实现人生价值》、《激励员工潜能》、《发家致富圣经》、《十招搞定你的老板》、《二十岁做个成功的老板》等成功励志书就泛滥成灾了。

不只是这类书多，成功学大师也是满天飞舞，成功学培训班也比比皆是。

可是，大师们要么只能给你讲述那些被重复了千万次的公式定理，比如“想要成功就得搞好形象”、“不要相信小人”、“要讲诚信”等；要么就是以偏激狂躁的语气，讲些似是而非的离奇故事，如“在三年中亲自访问了世界一千位富豪得出来的结论”、“与五百位成功人士对话的成果”。

但不管什么形式，大师们的话往往是不讲道理的，甚至给人们一种印象，想要成功就得如大师一样偏执。

很多人肯定在想，要是没有那么多的山寨和八卦该多好，这样我们的工作就能变得简单、直接，效率就能高出许多。但这对于成功学大师们却是一场灾难，他们若不再很八卦地山寨成功学，就会变成乏味的道学大师，追求者崇拜者马上就毫无兴致了，大师们和他们的狗血成功学也就失去了存在的必要。

正是有了“在三年中亲自访问了世界一千位富豪”这样的八卦，才让成功励志丰富多彩，充满了乐趣，从而让年轻人对成功励志趋之若鹜。

年轻人在职场发展方面，是相当迷信权威的，尤其是对于名家和大师的说教。事实上，这种做法极端反智，是与智慧背道而驰的。在这里听来一句，从那里听来一句，就在一片鼓噪中失去方寸，找不到方向，最终致使内心极度疲惫。

作为一个商界成功人士，石红旗怎能不理解这些。张文化说我们以前策划的那些图书，总是想要教育读者，总试图把那些或枯燥或似是而非的道理，灌输给读者。作为一个图书策划人，你根本就没有任何权力这样做，也没有必要这样做。你只应该将心比心，考虑人家喜欢哪种方式接受相关的内容。这种表达正好顺了石红旗的心思。

而张文化说，不应该再费心思考虑读者需要什么，那些最原则的事情还要讨论的话，就没资格策划成功励志图书了。这话语中表露出来的率真品质，马上就让石红旗产生了认同感。自此，张文化就进入了石红旗的视野。

可是，光临的并不只是机会，还有危机。这一切，懵懂的张文化全然不知。

3. 这个时代让人无所适从

【画外音】

稍稍有一点想法的人，都有过这样的感受：这个时代太差劲了，让人无所适从，到处撞墙！

但这也正是这个时代的魅力所在。如果困难太多，让人看不到一点机会，那就太窒息了；如果太顺利，你想要什么就给你什么，也就没意思了。

有人一心只想顺利，不想过沟过坎，这就是脑子进水。而现在进的水，就是以后需要流的泪。

第二天一上班，武友谊就当众宣布，把职场励志项目室改成心理自助项目室，张文化也从图文设计室调过来，改做图书策划。

张文化坐在新位置上，感觉无所适从。但武友谊和项目室室长老周，对他却是出乎意料的客气，并且非常关照地告诉张文化，要慢慢适应，不要急着做事，可以先看看材料，熟悉业务。

可武友谊的客气，却让张文化不安，那张笑意盈盈的面孔，与平常反差太大了，好像是专门做出来给自己看的。

虽然两个上司很热情，项目室里的几个同事却很冷淡，似乎并不怎么欢迎张文化。

身边的同事都在忙，张文化这个昨天在大老板面前说过大话的人，却无事可做，很尴尬。室长老周看他很不自在，就叫他过去陪来公司改稿的签约作者李和平。

李和平是个自由撰稿人，也是公司的长期签约作者。二人一聊，发现彼此还是同乡。

李和平一边看稿，一边小声告诉张文化，只要上司对你的态度好就行，别的一切都不重要。还说，有一句话特别适合你，叫作“说你行你就行，不行也行”。大老板都认可你，让你做图书策划编辑，自然是有道理的，大老板做生意这么成功，是很多人羡慕的榜样人物，他识人读人的功夫一流，至少能说明你有这方面的天赋，你安心做事就是了。

李和平30多岁的样子，举止儒雅，讲话慢声细语，循循善诱，很是亲切，他的一番话让张文化稍稍心安。

图书部要开例行的选题讨论会了，老周说每人都要提交各自的选题报告。张文化就很小心地问老周，自己刚刚来，可以先不交吧？老周的神情有些诡异，沉吟一下才说：“还是交一个吧，上边安排的，都要交。二老板说，要在整个图书部搞个图书选题大比武。”

这不是赶猪上树吗，张文化心里一急，脸就忽地红了，心里竟然还有些莫名其妙的委屈。

老周看出了张文化的心思，就安慰他，说大家都知道你的情况，所以肯定不会用同样的标准来衡量你，你就随便搞一个选题，比划一下就行了，谁都不会同你较劲的。

张文化心事重重地回到家里，把情况说给陈迎宾。陈迎宾听后，又给张文化泼了一头冷水，说这事肯定不像室长说得那样简单，很可能是有人要出你的洋相，让你难堪，这人说不定就是石建设。

陈迎宾猜对了，想让张文化难堪的就是石建设。他想看一下，这个在公司全体高层面前同自己对抗的人，在交选题报告时会是个什么样的表现。

张文化失眠了，一整晚都在床上翻来覆去地“烙饼”，压得床吱吱响。后来他再也躺不住了，一翻身坐起来，看下时间，快5点了。

透过半地下室窄窄的换气小窗，他看到外面雾气弥漫，路灯光也只是一小团迷蒙的乳白。

现在正是秋末，还没有到供暖的季节，地下室很冷。他围着被子坐了好久，感觉头痛得厉害，就翻身下床，穿衣走了出去。

大街上没有行人，偶尔有汽车慢慢从浓雾中钻出来，从身边经过，再一头扎进雾里。

他竖起衣领，裹紧围巾，慢慢向前走。

京通快速路上，汽车闪着雾灯，慢慢挪动着。上下行快速路间的八通线城铁，偶尔有列车穿行而过。

雾更重了，远处高楼灯光点点，如同仙境。

头还是很痛，却稍稍清醒了一些。

走着走着，张文化就想起昨夜陈迎宾在宽慰自己时，指着外面说，每个窗子后面都有一个家，不是“高富帅”的家就是“矮穷丑”的家。“高富帅”的家就像一辆宝马车，家人在车里欢笑着欣赏路边的风景，看到眼里的每种事物都很美丽。而“矮穷丑”的家就像一辆破夏利，家人在车里面无表情地想着各自的心事，或是钱不够用了，或是马桶又漏水了，对车外的什么风景都不感兴趣。

张文化想，我现在就是看什么都不觉得美好，对什么都不感兴趣，我也是“矮穷丑”一族吧。然后，他又想起了不久前，陈迎宾给他讲的什么人才是“矮穷丑”。

陈迎宾说，“矮穷丑”主要是一种心态，这类人职业层次不高，比如饭店服务员、房屋中介销售等初级业务员、体力小工等，收入自然也是比较低的。因为收入少，所以也就没有多少钱来收拾自己的形象了，只能买一些仿冒名牌的服装。这类人不管外表如何自信，内心都充满了懦弱和自卑。

经过一处商店橱窗，在路灯下，张文化整理了一下头发，更觉得自己就是陈迎宾描述的“矮穷丑”。

又走了一会，张文化看了一下手机，已经是6点半。路上的车和行人多起来了，不知不觉中，已经沿着京通快速走到大望桥，快到公司了。

公司所在的商务楼群旁，有一大片林地，张文化走累了，就找个座椅歇息。

清晨的雾依然很浓，远处座椅上有一老者坐得非常直，姿态像个军人，一个年轻男子在其身后站立，好像警卫。更远处，则是晨练的人群，很喧闹。

不一会，张文化身边也来了一些晨练的人，嘻嘻哈哈，说着笑着。这个城市里，没有一处安静的地方，人们都习惯了喧闹的生活方式，也都可以很合理地制造喧闹。

好长时间了，远处那老者也没换身姿，如铁铸的军人雕像。

到了公司，同事都还没来。张文化用冷水洗了一把脸，马上就精神了起来，一晚没睡的倦意都被驱赶走了。他攥起拳头，使劲晃了一下，对着镜子里的自己说：年轻就是一切，去他大爷的“高富帅”和“矮穷丑”吧！

在办公室里，向林地望去，那老者还是一样的身姿。身边的喧嚣仿佛是另外一个世界的事情，与他无关，丝毫影响不到他。

中午用餐时，张文化见到图文室的同事，就把看到奇怪老人的事说给他们听。同事说，没什么可奇怪的，我们经常能看到，他一直在那里。另外，还在电梯里听其他公司的人说起过这“怪老头”，是A座楼一个公司老板的父亲，大概有90多岁了，是老年痴呆，好像以前当过兵。如果有人从他面前慢慢走过，他就会催人家说：“快！快！”要是仍然慢慢走，他就会特别生气。如果快步走过，他就不作反应了，我们经过那里时都远远绕开他。

同事还在说，张文化却若有所思，头脑里似乎有了一个选题思路。可是，他不知道应该如何策划图书选题，虽然有了想法，依然苦恼。

他想来想去，能帮助自己的，只有刚刚认识的李和平了，就打了电话。李和平说，你先不要去管方案格式什么的，把想法写下来，三言两语也行，发给我看看。

张文化的想法是，白领要想事业有成，就得有一种铁血精神，像战场上的战士一样。他还想了个书名，叫“白领的战场”。

李和平说这想法不错，如今的白领都很懒散，或者还很顽劣，即使不得不背负着事业和家庭的重负，也依然不改那种玩世不恭的样子，因为顽劣是当今的流行色调，你不表现得顽劣一点，就会显得老土。你想在书中向白领人群阐述铁血意志，让白领的精神状态硬朗起来，这很好。

李和平还说，张文化的想法距离形成选题报告还太远，好在能让人看明白其中的含义。他决定帮助整理，并且还教给张文化在讨论选题时的应对说辞。

他告诉张文化，做选题策划的人都有一个通病，那就是眼高手低，这不是品行问题，而是职业习惯，挑别人毛病时眼光很犀利，自己动手做时却很难。所以一定得把选题考虑得周全些，以免讨论时被动。

张文化暗自庆幸，遇到了李和平这样一个心思缜密的好人，把他将要遇到的问题都想到了，并且还帮助整理了一份材料，让张文化好好消化一下，以应对各种情况。

果然，在选题讨论会上，张文化提交了自己的选题报告后，立刻就有同事很傲然地站起来质疑，说现在这类书太多了，教白领做这个，让白领做那个。因此你这书要是摆到书架上，读者看了肯定不会感兴趣。

在同事的眼里，张文化就是个什么都不懂的新手，做排版设计在行，做图书选题策划就是个白丁了，只不过是误打误撞的一句话，引起了大老板的兴趣，才让他做了策划。正因为这样，虽然阅历丰富的主任和室长对张文化很客气，但同样很年轻的同事却都不买账，大家都准备在选题大比武时，看张文化怎样出笑话。

武友谊也饶有兴致地看着张文化，他倒要看看，这个曾经口吐狂言的小孩怎样应付。他弄不明白石红旗的心意何在，为什么让这个没有任何经验的小孩做策划编辑。大老板的心思，真是读不透啊。

虽然有人质疑，还有人附和，可张文化却胸有成竹，慢条斯理地说，虽然现在白领励志图书很多，但基本都没有什么力度，这类图书就算内容再丰富，再层次分明，也不能刺激读者的心，不能引起人家的共鸣，所以就不成功，说得再多也是扯淡。

扯淡？大家都没想到，张文化竟然这么不客气，会议室一下子就安静了。

武友谊更有兴致了，大老板果真有让常人难以企及的过人眼光，这个看上去并不出众的张文化，说出来的话还真不寻常。

其实，刚才那些话都是李和平教的。他说，要想让人家接受你的选题，首先就要让人家接受你这个人。既然咱们没有专业积累，就得出奇制胜。

看到了效果之后，张文化就接着说，那个电视剧《亮剑》为什么能成功啊，它好吗？我看不出演员演得多好，主要演员和群众演员的演技都很差，不少演员都好像是在走过场，恨不得演完马上就回家娶漂亮媳妇，所以漫不经心的镜头比比皆是。可就这样一个电视剧，却能取得巨大的成功，这就说明问题了。其中最重要的一条就是它所体现的精神太突出了，突出到一俊遮住了百丑。这精神就是主角在战斗中一往无前的意志，这个亮点太亮了，足以亮瞎所有观众的眼睛，谁还能顾得上演员的演技啊。

老武看了看老周，老周点点头。

张文化说，包括我们在内的白领人群，大部分就如同那个电视剧中的演员。不同的是，只顾装腔作势，却根本找不到人家那种突出的精神和意志。要是有了这种铁血意志，离成功就不远了。我的选题就是要把这种精神意志给打造出来，不像同类书那样突出白领公式化的敬业精神，而是要突出白领在职场中所需要的铁血意志，让白领男人的娘娘腔少一些，让白领女人少些装傻。

张文化的语气太冲了，因此没人再质疑，生怕他对自己说个“扯淡”什么的。这也是李和平教张文化如此讲话想要取得的效果，李和平说不管怎样，你是大老板认可的，所以同事们还是有所忌惮的，这一点应该利用起来。

室长老周问，你把着眼点放在白领的精神意志上，这个点是集中了，也突出了，可下一步怎样展开，怎能保证读者都对此感兴趣呢。

张文化语气平和了许多，说这本书的形式大于内容，只要“白领应该打造职场铁血意志”这个主旨被读者接受就可以了，我们更多的精力要放到“为什么要这样”上，至于“具体应该怎样”，此前被武主任称作狗血励志的那些书已经说过万千遍了，咱们不妨留白，给读者空间去思考，如果在书中展开过多，可能也有狗血倾向了。

这时就有同事附和，说这样挺新鲜，有价值。之后，就有更多的人说可行。室长看了看主任，主任说那就试试吧。

看来成功了，张文化外表平静，内心却狂喜不已，好像经历了一场惊心动魄的战斗一样。

李和平很熟悉公司的情况，考虑问题很周到，把可能发生的情况都提前安排好了。而张文化也在李和平准备材料的基础上作了充分的准备，才能在讨论会上应对自如，镇住了同事，也获得了室长和主任的认可。

【内心独白】

张文化说

要是没有李老师教的这招，我真不知道怎么应对，正是在选题讨论会上用了这招，在同事质疑的时候，用夺人的气势把对方给压制住，免得其他人跟着起哄，所以就没有人再提出质疑了。李老师的判断的确很准，不管怎样，咱也是得到了大老板认可的，同事们肯定有所忌惮，这一点不用就可惜了。

别看李老师只是30岁出头，但对人对事的感觉，比我这个刚刚走出校门的人强多了，遇到这样一个同乡，真是幸运。

李和平说

我们都处在一个难以让人把握的时代，这个时代的男人大都活得无所适从，这个时代的女人大都活得稀里糊涂，更别说张文化这样的小孩了，活得不明白，就一定少不了被欺负。都是京漂，能帮上的就尽量帮一点，虽然我混得也不怎么样，可现在总比张文化强一点。

其实，我自己也苦闷着呢。这个社会正在飞速转型，每个人的生活中都充斥着迷惘、无奈和痛苦，理想和现实冲突不断，和欲望厮杀在一起。每个人都有过梦想，但在现实中却无处安放，只能被现实撕裂、变形。

而我的家人和朋友呢，他们都关注我飞得够不够高，但很少有人关注我撞墙时痛不痛，唯一的例外是我妈。

陈迎宾说

说我们都是“矮穷丑”,你不甘心？也许你个头不低,但走在京城的街头，常会觉得比别人矮一头吧？还有，你的钱足够用吗？

“矮穷丑”说的不是外表，是心态。有的人为了掩盖心里的自卑，就想办法穿假名牌，但这也不能消除内心的不安。你骗别人可以，却没有办法骗自己。不管外表显得多么自信，内心的懦弱和自卑一天比一天强！

武友谊说

有人说白领是高尚人群，这话也太离谱了。就如张文化所说，现在的白领，很多人或是装傻，或是装腔作势。所以张文化报上来的图书选题，我看还是很有价值的。没想到，这小孩还真的有点与众不同。

【画外音】

几乎所有年轻人，都像张文化这样，经常认不清自己，不知道自己在老板的心里占有什么样的分量，更不知道自己处于事业发展的何种阶段，所以也就无法打出合适的牌。

职场发展历程就是一个传奇故事接着另一个浪漫故事,或是惊心动魄，引人入胜，或是委婉缠绵，令人迷失。

任何人都很难清楚地认识到自己的真实情况,所以更多时候都在摸索，或是莽撞行事，年轻人更是如此。

因此有人很懦弱，你提醒他应该奋力冲击，他也不敢，任你急得够呛，他也不敢越雷池半步。而有的人却刻意把自己打扮成一个十足的恶棍，想以一个强势的形象向着职业目标进发，如果你提醒他，这样做可能树敌太多，路途上可能潜藏着很多危险，他却笑你过于小心，没出息。

没办法，人只有成熟以后，才能知道自己怎样做事才是最合适的，可要想让自己变得成熟一些，就得经历重重摔打，要经历各种危险，跨越重重障碍，经受多次误解。可遗憾的是，终于成熟了以后，却突然发现时日不多，路到尽头了。虽然活明白了，上天却不给机会了，“人生天地之间，若白驹之过隙，忽然而已”，就是这样残酷。

张文化就处在一个不成熟，也不知道路应该怎么走的阶段，此时他甚至不清楚“北京梦”的梦境中应该有什么。

此时，就迫切需要有人提供指引和帮助。你自己不成熟，又无人指引，那就是盲人骑瞎马，危险极了。

但作为京漂，他身边只有一个自己同样茫然的好友陈迎宾。远在家乡的父母没法帮助他，只能为他担心，能做的只有为他祝祷。更何况即使家人在身边，作为普通百姓，也没法提供足够的事业支持。

对于刚刚进入职场的人来说，眼前熙攘的世界上，人际关系、发展路径等一切内容都显得杂乱无序，摸不到，看不清。如果这时传过来抚慰的声音，就会感到温暖，觉得充满力量；若是受到威胁和重压，就会感到莫名的虚弱，甚至是恐惧。

靠个人一步一步地摸索，也是个办法，但这个办法的效率太低，运气好还行，若是运气一般甚至很差，就后果难测了。

最为合适的办法就是找到一个或一些导师，这个导师可以是家庭里的长辈，也可以是职场里的前辈。亲人是责无旁贷的，会一心一意地提供帮助，可外人就不一定那么热心了。在职场中，只有人品很好，乐于提携后辈的长者，才会有这样的兴趣，但很难遇到。

若是在职场有幸遇到了这样的贵人，就一定要紧紧拉住对方伸过来的手，因为这样的机会不是人人都有的，虽然好人无处不在，但能成为贵人的，并不多。还要注意，这里说的可不是什么成功学大师，真的大师如卡耐基等，远水解不了近渴，况且他的理论到我们这里也可能水土不服。若是遇到满天飞的假大师，不就更惨了。

像李和平帮助张文化一样，在贵人的指引下，就会逐渐掌握这个时代的节奏，适应这个世界的变化。于是，你那像小兔子一样惴惴不安的心，就会慢慢宁静下来，你职场和生活中的方法也会越来越多。朋友们就会说，你越来越成熟了。

但这还不够，再好的贵人和亲人也不能为你提供完美的职场和生活解决方案，能不能做得好，最终还要取决于你自己。

因为即使你的心态再成熟，路途上仍然会潜藏着许多危险，而且你的能力越强责任也就越大，肩负的任务也会越来越重。恐惧、不安、愤怒和痛苦，也会如影随形。

何况此时的张文化，内心还相当脆弱，就像那个著名的实验中的跳蚤。

有人做了这样一个实验，他把跳蚤放到一个玻璃杯子里面，跳蚤非常轻松地就从杯子里跳出来了。这是在人们意料之中的，跳蚤是动物中的跳高好手，它的起跳高度能够达到身高的 300 倍以上，一个小小的玻璃杯当然不可能困得住它。

实验还在继续，不过这次倒霉的跳蚤是被倒扣在玻璃杯下面了。

跳蚤还是像刚才一样起跳，这回却重重地撞到了杯底。但跳蚤没有停止，掉了下来之后还要不停地跳，因为这是它最习惯的活动方式。在一次次撞到杯底以后，它就依照杯子的高度改变了跳跃高度，不再撞杯底了。

就这样，经过了一段时间后，试验者又把盛放跳蚤的杯子杯口朝上，正立过来。这时，有趣的事情出现了，跳蚤虽然还在一如既往地跳，但再也没有跳出杯口，只是在杯子里面跳。

显然，跳蚤并不是失去了跳出杯子的能力，力量并没有从它的身体里消失，只是环境改变后，它的习惯和信心也变了。

它迷惘了，已经认不清楚自己了。

这个故事被用得很多，经常用来说明"要勇于追求成功"的道理。但是，更加深层的意义并不在于此，而是在于如何认识自我，如何看清自己的内心。

现在张文化甚至都不知道怎样起跳，以及如何使用并不怎么强的力量，对于一个有上进心的人来说，这相当不幸。

人贵有自知之明，但真正认清自身庐山真面目的人却不多，为什么？很简单，就是只缘身在此山中。一个人只有在内心肯定自己的能力和才华，才有可能使能力得以发挥，如果像那个可怜的跳蚤一样看不清自己，甚至觉得自己是个一无是处的窝囊废，那他的人生就只能充满灰色了。

可能有人说，这个跳蚤不会思考，它要是会观察周围的情况再作出改变，就不会犯错了。

知易行难啊，不是会思考就没问题了。还有一个故事，就很能说明问题。

有个在山上寺院中拉磨的驴子，被和尚带去驮物品下山，没下过几次山的它非常兴奋。

可是在下山的路上，驴子看到了一个奇怪的事情，行人看到它时都要非常虔诚地跪拜。“噢，原来我是这么受人敬仰啊！”面对叩拜的人们，驴子有种飘然欲仙的感觉。在以后的下山路上，只要遇到行人，它就昂头站在路中间接受朝拜。

后来，在返回寺院的路上，驴子见到路人后还是大摇大摆地站在路中央等待跪拜，却被人们给连拉带打地牵到了路边。

和尚看着愤怒不已的驴子，长叹一声，说：“毕竟只是一头驴啊，它不知道下山时大家跪拜的是背上驮的佛像。”

是的，驴子观察了，也思考了，可是它没有得出一个正确的答案。

人对自己的观察和思考从出生就开始了，到死才能结束，都希望通过观察自己的言行，通过观察他人对自己的反应和评价，来认识自己，再对自己作出调整，把自己修炼得更好。人对自我的内心认定是能够改变的，认识变了活法也就会变，然后人生状态也自然会随着内心自我认定的改变而改变。

但是，这种变却不一定会令人满意，有可能会变得更好，也有可能会变得更糟。后一种变化是我们谁都不愿意看到的，但很不幸，人的一生中总会有这样的经历，只是多少而已。关键的原因就在于，大家对自己的认识并不能做到准确无误。

那么，张文化下一步应该怎么做呢，这很难说。应该怎样认清自己，怎样做才能不重复跳蚤和驴子的错误？

李和平是张文化的贵人，但这位贵人所能提供的帮助也实在有限。

4. 起起落落的欲望

【画外音】

所有的京漂都是这样，脆弱的心经常被突然提起，又被重重摔下，很少能稳定，总是被动地应付。

噢，对了，我们还可以主动奋斗，通过职场中的努力改变自己。但这改变，一定就能让你满意吗？多数情况下，前进的理由只要一个就行了，那就是实现欲望。问题是后退的理由太多了，许多人整天都在找理由，证明自己不是懦夫，却很少找个理由来证明自己是个勇士。

所以，内心就永远起起落落的。

张文化兴高采烈，非常兴奋地把事情经过说给陈迎宾。陈迎宾说突然有了一个感觉，你的“北京梦”好像就要实现了。咱们一直都在等着幸福来敲门，可没想到幸福一下子就破门而入了。

张文化说我没感觉到啊。

陈迎宾说你这只笨猪，不识庐山真面目，只缘猪在此山中，自己虽不清楚，但别人已经能感觉到了。你想想，有没有感到公司里的同事和主管，对你的态度发生了变化？

张文化想了想，说好像是有。

陈迎宾说就是嘛，肯定对你好一些，至少是尊重了，获得尊重就有尊严了，有尊严的工作和生活，那就应该是幸福生活嘛。

陈迎宾的分析让张文化兴奋起来，说咱们都会有大发展的，又说，等将来我做到石红旗的位置，就把石建设给辞掉，让你做二老板，那时候我们就算是中产阶级了吧？

陈迎宾说要是你这笨猪都成了老板，那公司还不变成猪圈啊。不过那时我们肯定是中产阶级了，中产阶级的标准并不算太高。年收入 30 万元以上是没问题了，手里也一定持有公司的股票了，一个用于度假的别墅和一辆中级以上的轿车也能有了。

张文化说中产阶级都有夜生活啊，我可不喜欢通宵跳舞和打麻将。

陈迎宾说你傻啊，通宵跳舞和打麻将的是那些富二代傻妞、傻小子，真正的中产阶级夜间还得进行商务谈判呢。要是时间允许的话可以听听高雅音乐会，还一定要知道最新上演的外国歌剧和芭蕾舞剧，然后追着去看。不过，只做了这些还不算，还要有外国绿卡才行，至少也要经常去国外旅行。

这不难，张文化说，我们那时就如石家兄弟一样，天天飞来飞去，出国旅行太简单了。

陈迎宾说就是嘛，有钱了就什么都有了。噢，忘记了一件，就是要学英语，讲话的时候要故意夹带些英语单词来，要是懂法语就更好。还有着装，一定要用最好的品牌，但看上去却穿得非常随意。

张文化说一切都没问题，你就等着我发达的那一天吧，我们这样的好朋友，当然要“苟富贵，勿相忘”了。然后，就哼起周华健的那首《朋友》：朋友一生一起走，那些日子不再有，一句话，一辈子，一生情，一杯酒。朋友不曾孤单过，一声朋友你会懂，还有伤，还有痛，还要走，还有我……

接着，俩人就一起唱起来。

唱着唱着，陈迎宾又为张文化庆幸，说要是没有遇到李和平这个贵人，你就死定了，说不定此时已经被石建设扫地出门了，为此一定要好好谢谢人家。

张文化说感谢是应该的，可不知道怎么感谢才好。陈迎宾说，这有什么好难的，买礼物送去吧。

张文化就拉着陈迎宾，去商场挑礼物，可是转了大半天，也不知道买什么才合适。陈迎宾看张文化为难的样子，说你这只猪就是小气，好烟好酒那么多，怎么就不买？

张文化说，不知道李老师有没有抽烟喝酒的习惯，怎么能随便就买了送给人家。

陈迎宾说你真是不懂人情世故，你买不买是你的事，心意到了就可以了，而人家怎么用是人家的事，重要的是收到了你的谢意。既然你这么为难，那就请人家吃个饭吧，这么做最简单。

对于请客吃饭，张文化也有些挠头，因为他没请过谁吃饭，也没被别人请过，更不知道在饭局上应该说些什么。

陈迎宾说你这呆子，在饭桌上想说什么就说什么，这有什么紧张的，放心吧，有我在就不会冷场。

然后陈迎宾就给张文化普及饭局知识，说在中国，很多事情都得在饭局中安排，不会利用饭局可不行。一桌子的菜，有凉有热，有鸡有鱼，荤素搭配，有汤有水，还要烟酒饮料齐备，围好的一桌人，甩开腮帮，一边吃一边说，以说为主，吃只是个形式，只是为了说话方便。最后上来的是米饭馒头、水饺面条等主食，再复杂的饭局也就这样。

不过饭局最重要的是排座次，就像梁山好汉一样，能力大小、水平高低都要通过座次显示出来。谁是宾，谁是主，谁是主要的客人，谁是不重要的客人，在座位安排上有一套不成文的规矩。陈迎宾在饭店帮工，这些规矩他自然很清楚。

要是在一个单间里，主人就坐在正对着门口背靠窗户的位置上，这个位置是主陪。紧靠主陪的右侧座位是留给最重要客人的，叫主宾，紧靠主陪左侧的位置是给第二重要客人的，叫副宾。

张文化说那还是你做主陪吧，我不会唠嗑。让李老师坐主宾位置，我坐副宾位置好了。看张文化那认真的样子，陈迎宾直笑，说你也太呆了吧，请李和平用得着那样讲究嘛。

张文化却很正经地说，当然要讲究了，这是我第一次请人吃饭呢。然后又问若还有别人怎么安排。

陈迎宾说，背对门口的位置一般是留给副陪的，也就是主人中第二重要的人。而副陪的右侧一般是三宾，左侧一般是四宾，要是再有人就安排在其他位置坐了。为什么要这样费事安排呢，主要是主人能把客人照顾周到，劝酒和劝菜都方便。

敬酒的人不能少喝，而被敬的人也要多喝，因为酒喝到肚子里，交情就建立起来或更加牢固了。要是曾经喝过酒的人，以后又在饭局酒桌上遇到了，就能算是老朋友了。要是在商场上遇到了，就可以免去各种很麻烦的细节，不用再相互试探，直接说正事。

当然，酒过三巡以后，大家在酒精的作用下，心扉就会慢慢打开，不管是官员还是商人，不管有没有地位，都可以放弃原本的严肃和紧张状态。可以勾肩搭背，可以称兄道弟，甚至还可以讲一些有趣的小消息和小段子。所以说饭局本来就是一件相当轻松的事情，犯得上紧张吗？

陈迎宾说得头头是道，张文化连连称是。在与人交往方面，他一直都很钦佩陈迎宾。陈迎宾一得意，就给张文化讲了一个他在饭局上听到的小段子。

说是有一个主任，在局里开会的时候，在主席台睡着了。都轮到他发言了还不醒，一旁的人就轻轻地捅了他一下，说轮到你啦。这主任立刻就睁开眼，大喊一声：服务员，上饭！

太逗了，张文化乐得不行，陈迎宾说还没讲完呢。

开完会要吃饭，局长说主任开会时出了丑，应该受罚，就灌酒。吃完饭要回家时，他就歪歪斜斜地跟人一一握手，嘴里还说别送了，别送了。最后一个人拉着他的手扶他，他还说，快回去，别送了。那人只好大声说，我是你司机噢，我不送你，你怎么回去啊！

这小段子让张文化轻松不少。

果然，在饭局上张文化的表现自然了许多。一见面，他就感谢李和平的帮助，说要不是李和平教的办法，自己不可能在公司站得住脚。没等李和平客气，陈迎宾就说，站住脚？还远着呢，你还是先把眼前的事情做好吧。这选题批下来后，就请李老师写，别人没有感悟，写不出你想看到的内容来。

李和平说陈迎宾讲得对，的确如此，不然的话这个选题就可能虎头蛇尾了，最后无疾而终。

之后又告诉张文化，你要感谢首先应该谢那“怪老头”，是他给了你灵感，不然你不会有这样的想法。对这个题材我也确实感兴趣，要是能写的话，就一定得去看一下那个“怪老头”，感受一下他身上究竟有什么东西让人不可思议。

李和平答应写，这让张文化很兴奋，看来自己的项目成功在望了。

李和平说，其实给你准备材料还着实费了不少心思。怕你在讨论会上把握不好，就只把思路给了你一半。

只给了一半思路？张文化不解。

李和平说“白领的战场”这选题，我当初设计的第一个重点是塑造白领坚强的实干精神，以此来突破性格弱点。第二个重点是应该实现阶层跳跃发展，包括对阶层的分析，以及如何跳跃发展，向上一阶层迈进。

后来估计，对后一部分的阐述，你可能把握不好，反而弄巧成拙，就没介绍给你。

张文化是个一根筋的人，既然李和平说到了后一部分，他就想弄个明白，到底有多大的深度，自己怎么就难以把握呢？

李和平就给他讲，现在的城市白领，精神意志力很差，所以你在书中强调“铁血精神”，就正好符合他们的需求。另外就是，很多人看不清楚所处阶层的情况，也看不懂这个社会的阶层情况，只好蒙着眼睛混。

陈迎宾也挺感兴趣，就让李和平说说他的城市阶层分析。

李和平说他把城市阶层分为六大类，分别是高级上层、上层、中层、中下层、高级下层、下层。若是公司普通员工，所处的阶层基本就是中下层以下的阶层。

凭什么分成这六类呢？主要考虑的是对财富的占有和支配，而这种占有形式又是可以变化的，现在城市奋斗越来越有序了，只要你使用合法手段，及时抓住机遇，就能够跃升到更高阶层中。

听李和平这么一讲，张陈二人就更感兴趣了，他们刚刚从学校出来不久，这话题很新鲜，所以就爱听。的确，在一个城市中，人群都能够自动分层，这是一个很自然的事情，不管你承认不承认，这种分层肯定会存在。

李和平说，企业家里的大鳄就是高级上层，是掌握资源和机会最多的，收入也多。不过，不管有多大的权力，有多么多的财富，他们总是喜欢低调。

陈迎宾说，那些官二代和富二代并不低调啊。

李和平说这些高级二代们沾前辈的光，也可以算作高级上层的一员，但他们的身上却有很大的不确定性。现在可能还处于城市的最上层，成熟以后，有一部分人也能在高级上层中真正地沉淀下来，而有的人却要滑落到其他阶层中。

为什么？因为他们的父母不能总是罩得住，当父母的光辉弱下去后，就尘归尘土归土了，你有什么样的能力，就去享受什么样的生活，是骡子是骏马总要显形的。

城市的高级上层人群，在不同的领域中，用不同的方式影响着其他阶层的生活。这是一种快感，也是一种责任。当一些高级上层只顾快感不管责任时，活动在其他阶层的人们就会觉得不公平了，大家就把这种不平心态当做动力，立志冲到上层中去。当然，心态平和时也会努力，但若是心态不平衡，冲劲就更猛了。

城市上层同高级上层一样，其实最初都是从其他阶层冲上来的，只不过冲到上层的难度要比冲到高级上层的难度低一些。

什么样的人才属于上层呢，在北京、上海这样的大城市中，有一些高档的会员制俱乐部，俱乐部的成员大概就可以归到这一阶层中。城市上层中，很多人的出镜率非常高，因为他们作为各业精英，出于商业、文化、演艺等各种想法，总要频频向公众发动攻势。

城市上层中有的人比较低调，有的人却非常高调，但大部分人的态度都比较开放，因为他们之中大部分人都是从更低阶层，甚至是从底层中奋斗上来的。而且他们之中许多人的发展足迹也是公开的，并不介意当然也无法控制他人的模仿。

陈迎宾说英雄不问出处嘛，而且他们成功了以后，还特别喜欢显露曾经的穷困经历。张文化说，我们公司的大老板好像就是这个阶层的，二老板也算是。

李和平接着讲，与头顶上面的两个高级层次相比，城市中层是一个面目最为模糊的阶层，因为这个阶层人们的身份特别复杂，也就是说，这个阶层容纳了太多不一样的人。有的人由于接收到了系统化的教育，修养较高，但更多人的修养，还赶不上他们手中金钱的零头。

不被上层接纳的中低级明星在这个阶层中，规模大一些的商业机构管理阶层和中等规模的企业主也在这个阶层中。还有善于挣外快的畅销书作家、教授、艺术家也在这里。

看得出来，这个阶层很热闹，是一个时尚的阶层。城市上层中的一些人就够张扬的了，可是中层的各色人等更胜一筹。也正是他们的张扬行为，让我们这个都市成了一个斑斓的大秀场。

有时，这一阶层的人，影响力比上面两个阶层还要大。在大家的印象中，这个阶层的生活是很富裕的，这是因为金钱对这个阶层的意义非常重要，他们有钱，也非常愿意消费，很喜欢通过消费来引领时尚。

另外，这个城市阶层的一部分人还有一个更为让人羡慕之处，那就是他们不必创造有用价值，甚至在产生负面价值后，还可以赢得掌声，获得利益。

这都是一些什么样的人？你就开动头脑想吧，他们上班与不上班谁也分不清楚，不用打卡，有大把的自由时间，可以利用公共资源为自己谋求大把的财富，就像草原上的食腐动物一样，不用捕食，还能吃得很美。

不过，这类人的生活对在欲望都市中奋斗着的人来说，没有任何参考价值。因为加入这类群体的几率太低，社会也会越来越秩序化，这类人会越来越少的。

李和平接着说，现在轮到城市中下阶层了，就是那些一直坚持朝九晚五准则的人们。

这个阶层的一大部分人，穿梭在城市各个写字楼和厂房中，他们恨死了钟表，每天都要按照钟表指针循环着固定的生活，但他们别无选择，稍有疏忽就会影响收入。

不过，也别把这类人想得很可怜，他们也有自信，甚至不少人还比较得意，因为他们头顶上有一个过去光鲜，现在也还不错的白领称号。

这个阶层中，有的人会像拉磨的驴子一样，累得要命，工作枯燥得要命。可是，也有机会去酒吧和咖啡厅等处消遣，过一过小资生活。小资的含义，现在经过这类人一搅和，已经融入了“可怜”的因素。

为什么说这个阶层也有可怜之处呢，因为在这个阶层里面，很多人都非常喜欢用一种行为来证明自己的价值和实力，那就是去购买自己并不真正需要的消费品，不然就是去翻看一些通常是更高阶层喜欢看的读物，让自己的品位看上去更高一些。

这样做有价值吗？有，要是缺少了这类人，用以伪装品位和高雅的物品就无法卖出好价钱了。就是为了迎合这个阶层中不少人的价值取向，好多杂志才自称为高端读者服务，自称专门为高品位人士提供精神享受。实际上，真正的高端人士基本不看这些东西，这些东西所瞄准的就是这些所谓的小资。

因此我们可以说，这是一个有点尴尬的阶层，其中的代表人物，总是喜欢参与到自己几乎不明内涵的消费中，然后让冒牌高档品商人大赚一笔。

接着，说到的是城市高级下层。这些人经常打出租车，但收入只是一般水平，甚至还要少一些。他们也会如中下阶层一样追逐名牌，也会去中下阶层常去的消费场所，就如同中下阶层也会去高级下层常去的地摊和小门店购物一样。但高级下层才是地摊和小门店的主要消费群体。

对于他们来说，生活，就是先工作，再领取工资，再工作，再领取工资。因此他们必须要创造价值，以此换取收入，不能有所停顿，否则生活就马上陷入困境。

再下面是城市下层。这个阶层的劳动与收入的相关性比高级下层还要强一些，但与之不同的是，这个阶层在工作时，所需要的创造力要少得多。在工作过程中，他们不需要发挥多少主观作用，更像流水线上的一个位置，接过上一环节送来的工件，机械地加工一下，然后传给下一环节。这个阶层没有多少影响力，在工作中也不需要多少创造力，但这并不表示他们不够聪明，不表示他们缺少智慧。

张文化更羡慕李和平，说李老师怎么懂得这么多，真厉害。

李和平说胡扯而已，再说了，就算懂得再多也没用，一样过苦日子，一样有无法实现的“北京梦”。

陈迎宾问张文化咱们算哪一层？张文化说好像是下层吧，又想了想，觉得不甘心，说也可能是高级下层。

陈迎宾说再高级也只是个伪白领，干得比驴都累，吃得比猪都差，起得比鸡都早，下班比小姐都晚，装得比孙子都好，挣得比民工都少，看上去比谁都好，其实勉强应付温饱。

李和平说什么层不层的，也只是一种说法而已，你们要是对这个感兴趣，就应该多在意它的积极面，可别太在意消极那一面。有句话叫做“晚上思量千条路，早起还要卖豆腐”，不光卖豆腐小贩这样，在这个城市里漂着的人都如此。普通京漂想那些阶层什么的，没多少价值，在适合自己的位置上踏实做事才实惠，别的都不重要。

又说，其实在这本书里不说阶层的内容也不错，说得多了容易分散主题。另外，图书部情况挺复杂，由于图书出版是公司的边缘业务，上层一直不重视，所以大家对做精品图书的动力不足，同事们都忙于钩心斗角，在那里混事，做人比做事还重要，并不是你把项目做好就完事大吉了。再说了，主任和室长对你表现得特别关切，更是不正常。你没根基，也不懂业务，上司凭什么对你那么客气？还不是看着大老板的面子嘛。可大老板只是对你有一点兴趣，他并不是要特殊关照你，这一点主任和室长都很明白，同事也都很清楚。

本来很兴奋，听李和平这么一分析，张文化又纠结了。

李和平说，你也别紧张，只要小心点就是了。你不善于运作人际关系，所以一定不能参与到他们的关系斗争中，他们爱怎么闹就怎么闹，咱们就做个老实的中立派，勤恳做事，规矩做人，多做事少争功。不要急于与同事搞关系，这得慢慢来，别弄巧成拙。公司的水深着呢，你就慢慢摸索吧。

张文化连连点头，陈迎宾也不住称是。

第二天，大家相约去看那怪老头，但却没见到，而且一连几天，老人都没来。李和平说这事交给我吧，我去打听一下，找到他应该不难。

张文化去问老周：“我在策划选题的时候，李和平出了不少主意，咱们能不能请他撰写这部稿子？”

老周说：“李和平不是写小说的吗，适合写这样的作品吗，他愿意写？”

张文化说对方已经同意了。

老周突然很客气，说既然你认为合适，那我就去找一下他，请他按你的选题报告写个样章吧。之后又说，这选题不错，大老板亲自调你来做策划，确实有道理。

张文化知道，大老板并没有认可自己的能力，更没有特别关照自己。自己只是好在运气上，就如同单口相声“连升三级”中的张好古，虽然误打误撞，却得到了大人物的关照，只是不知道自己会不会如张好古那样好运连连。

张文化调到心理自助项目室之后，头一次发工资了，同时还有500元钱的选题奖金。

他特别高兴，就要用这钱请李和平和陈迎宾吃饭。李和平说不用这么客气，再说这些天一直忙着写稿，没时间，吃饭的事就算了吧。张文化说，饭店都订了，如果你不去我就白费事了，李和平只好答应。

陈迎宾说张文化有长进了，肯为走人情而动脑筋了。

不久李和平又打来电话，他为张文化请了一个朋友，说此人精于职场心理，长于心计，且是同乡，若是同他交流一下，可以开拓思路，对策划职场心理选题有益。

陈迎宾说李和平这样的朋友真难得，你应该做的事情他都为你想到前面去了，想要交朋友就应该找这样的人。

李和平给张文化介绍的新朋友叫吕民族，这人50多岁，是李和平所居住小区的物业公司经理，看上去一身忠厚长者之风。吕民族说，特别乐意看到小同乡事业有成，自己也是从年轻的时候过来的，知道拼搏的艰辛。

说到职场人际关系，吕民族更是有心得，对着张陈二人大谈特谈他的为人处世之道。说要想在北京混得好，就得头脑灵活，善于处理事情的细节，一发现对自己有利的线索就要抓住不放。哪怕是短期内对自己关系不大的事情，只要能关系到今后的发展，也应该参与进去。在北京，人来人往，可你在这几千万人中，却不一定能遇到适合你的并且对你有用的朋友，所以遇到有感觉的人，就想办法与之深交。

陈迎宾说是啊，在北京这样一个城市里发展，没有足够的关系和机遇，怎样尽力拼搏都不会有理想的结果，还别说我这样一个外乡人，就是北京本地人也是这样。

吕民族说的确如此，现在有一个词叫做城漂，说的是在各个城市里面没有多少事业根基的人，人生状态就像漂泊在水面的浮萍一样。漂在北京叫京漂，漂在上海叫沪漂。城漂里面有外地人，也有本地人。事业没有成功的本地人同样也处于漂泊中，他们与外地人不同的是，由于户籍关系，能够享受到更多保障，能够有机会享受到更多的公共资源，同时还会有一些可以利用的亲友资源。但这并不足以保证事业成功，大多数北京本地人，还是要同外地人一样奋斗。当然，有个好爹的官二代和富二代肯定不会进入城漂一族，因为他们生下来就是成功的，而且外地的这样的“二代”到了北京也不应该算作城漂，那种活法就是玩法的人怎么能算是在漂呢。

张文化听得不住点头，陈迎宾更是由衷地认同，说在单位里与同事相处正好用得上，咱们中国人可以说是世界上最忙碌的人了，因为在单位里最重要的事情就是忙着平衡人际关系。这消耗了大量的时间和精力，也消磨了创造力，但你还不能不去做。

同吕民族、李和平分手后，回家路上，陈迎宾还意犹未尽，对张文化说，都说老马识途，那是走了多少条岔路才学会的，只可惜，“老马”的经验不能直接复制过来，要是吕民族的那些经验能直接“粘贴”给我就好了，那我就会发达起来了，就不会这边撞一头，那边摔一跤了。

俩人借着酒劲，一边走一边说，说当前的苦恼，说今后的打算。平时半小时的路走了两小时，不知不觉中，夜空中已经飘起了雪花。

冰冷的雪花落到火热的脸上，陈迎宾仰天长叹：“在北京，这是我的第一个冬天，我那冰冷的地下室啊！”

张文化说：“得了吧你，你还可以搂着女友，可我呢？”

“没有女友怎么啦，不幸福吗？像我这样不能给女友一个温暖的家，才真的是不幸福！”

说着说着，陈迎宾和张文化都已经泪流满面。

张文化刚刚回到家，李和平就打来电话，说或许不应该为你介绍吕民族，这么做可能有些不合适。

李和平那边欲言又止，支支吾吾，张文化这里却由于连醉带困，迷迷糊糊，没听出什么异样。

李和平说，给你介绍老吕，是因为觉得你做事总是太拘谨，我不想让你像我一样书呆子气十足，与人打交道时总是吃亏，所以才让他这样的人影响你一下。可是，吕民族所说的那些东西，却不一定适合你的情况，你可别凭他说的那些手段与同事钩心斗角。其实，你的工作环境挺险恶的，可别自作聪明，要知道，有些手段吕民族能用，咱们却不能用，咱们没他那个本事。

可吕民族也没说出什么不合适的话啊，张文化不明白李和平到底想表达什么，只好含含糊糊地表示谢意。

【内心独白】

李和平说

如果遇到了好事，或小有所成，就心花怒放，似乎美好前景招手即来；一遇挫折，就心情压抑，辉煌的目标瞬间云散。人人都是这样，总是起起落落的心境，起起落落的欲望。

心情总是起起落落的人，大多对自己当前所处的社会阶层不满意，总想向上一个阶层爬，如果爬不上去，觉得没有通路，心情就很难受。

说实话，阶层是客观存在的，但你却不能把这玩意太当成一回事，如果看得太明白了，不郁闷死才怪。我们这些普通人，在城市里漂来漂去，想那些阶层什么的，真的没有什么价值，在适合自己的位置上踏实做事，白天吃得饱，晚上睡得好，这就行了，别的都不重要。

张文化说

心里更乱了，工作不顺心的时候乱，工作顺心的时候也乱。不知道什么时候才能从地下室里搬出去，更不知道什么时候能有一个温暖一些的家。

陈迎宾说

一看吕民族就是个很精的人，你就是再忠厚，我也能从你的眼睛里看出你内心的门道来，不是我有本事，谁都能看得出来，只不过很多人都不在意这个罢了。

老吕的话说得都挺有道理，在北京这样一个大城市里混，要是没有足够的人际关系和机遇，怎么奋斗都不会有理想的结果，就像盲人骑瞎马。

老吕混了几十年，在职场人际关系方面一定有很多心得，多跟这样的人交流，一定会有好处，就算他不愿意教导你，你也能在不经意间得到熏陶。

吕民族说

对张文化和陈迎宾这些小孩来说，路还长着呢，需要摔的跟头还多着呢，慢慢摔吧，什么时候摔够了就成熟了。

要想在北京这个大城市里混得舒服一些，就一定得头脑灵活，一定要把遇到的每一件事情处理好。而且一发现对自己有利的线索，就要抓住不放。就算当前对自己关系不大，只要能关系到今后的发展，也应该及时跟进。但对于张文化和陈迎宾来说，做到这些太难了，因为就是有机会摆在眼前，他们也不认识，为什么？就是摔打太少。

那对于李和平呢，他也不行，他太呆了，总是活在理想中，不现实。

多交些朋友吧，这可能是最有效和最简单的办法了。不过，北京这几千万人里，你能遇到的人却不一定适合做朋友，遇到有感觉的值得深交的人，并不容易。

【画外音】

通过几次请客，张文化接触到了饭局的精妙之处，熟悉了这个职场最普通，也是最重要的一个环节。又通过与李和平、吕民族的交往，了解到了他们眼中的社会现实。

这时的张文化，对于听起来很复杂的职场环境，竟突然有了一种跃跃欲试的冲动，就像从书店买了一本期待已久的新书，急于从头到尾看完。

张文化的这种事业冲动与性格有很大的关系。他自小成长在一个生活局促的家庭环境中，小时候生活条件不好，父母也经常为了家庭琐事吵架。稍大一点上了学，父亲严格管教，考试分数低一点就会挨打，而母亲也总是抱怨他不如别家的孩子优秀。

在这种环境下成长起来，张文化很不开朗，也比较懦弱、保守，不善于交往。但这并不意味着他不喜欢交往，当他职场较顺、心情舒畅的时候，向上发展的事业冲动，甚至比陈迎宾还要强烈。

不过遇到困难时，张文化却很容易陷入到紧张、压抑的情绪中。他是个很怕事的人，恐惧任何程度的失败，遇到挫折时，感觉任何人投过来的眼神都充满着嘲讽。

张文化也知道，性格弱点是他职场发展的最大障碍，但江山易改，本性难移，就只好在公司里小心翼翼与同事相处。

几乎每个人，都是背负着各类问题步入职场。但上天是公平的，张文化的情况是这样，别人也是如此，各有各的好，各有各的难。

大多数普通人的生活事业都充满着问题和障碍。为了生活，就只好克服障碍，不停地忙碌着。有的人在餐厅里打工，很晚了，客人们才离去，就赶紧收拾杯盘，擦桌挪椅，等这一切忙完了，最后一班公交车都没有了。有的人凌晨还在公司加班，在电脑屏幕前红着眼睛整理文件，而且还不能有所失误，否则第二天就会招来上司的指责。有的人天还没亮就在路边支起了早点摊，殷勤地招呼，为的是能多一点收入，填补生活所需。

底层的普通人,没有更好的办法克服自身弱点,以及所遇到的重重障碍,就只好以不停的忙碌来应对。虽然效率很差，但至少是有用的。虽然每个人都生而平等，可走上社会以后，身份高低就凸显出来了，然后人情冷暖就写到了眼神里。这是客观事实，并不是所谓的阴暗面。对他们来说，就只有承认并接受这种客观现实，冷静对待，心平气和地对人对事。

其实，张文化是很清醒的，他能正确面对自己当前的身份地位。他告诉自己，若有一天能平步青云，同事都笑颜逢迎，一定得谦逊平和。而一旦被扫地出门，人走茶凉时，也要泰然处之。

是啊，我们总是被成功人士的故事所激动着，为职场前景而情绪高昂，但也每时每刻都面临着失去上司信任的危险。在社会喧嚣遍及任何一个角落的情况下，获得一个安宁的内心是极难的。有好多年轻人喜欢上了参禅，爱上了佛理，但一有事，还是急成热锅上的蚂蚁，因为看起来安了心，但实际上却并不安宁，一有风吹草动，心就躁乱起来。

大家都生活在这纷乱的红尘里，有人晋升有人降职，有人富贵有人贫困。想在悲喜之间做到心静如水，太难了。

当前阶段的张文化和陈迎宾，就处于这种起起落落的心态中。

5. 慌乱中的固执

【画外音】

张文化总是活在慌乱中，总是手足无措，而且也不会变通。虽然上天多次帮助这个呆子，把一个又一个机遇送给他，但这家伙就是不开窍。

所有事情的根本都是做人，可这人到底应该怎么做才好？

我们成长的方式基本只有三种。一种是通过思考，这是最高层次的；一种是通过模仿，这个比较容易，但效果差些；一种则是通过经历，这个更容易，你不需要努力就能做到，但这个方式却是最痛苦的，也是效果最差的。当你明白应该怎么做才是最好的成长后，你的路就走到头了，没法再经历了。

当前的张文化在慌乱中很少思考，这让人很担心。

公司每半年就要组织员工进行一次拓展培训活动，这是石红旗亲自安排并且特别重视的一个事情。所以每次活动，他都要参加，即使再忙，也要把其他事情放下，到活动中去。

他这么做，一为了解员工的精神状态，二为加强与员工的交流，强化员工的上进心。

石红旗对手下员工的工作状态从来就不满意。他感觉员工们的心态都很浮躁，尤其是一些年轻人，喜欢装腔作势，缺少工作热情，懒惰，不上进，而且不懂进退，遇事就怨天尤人，本事不大脾气却不小，能力不强待遇要求却很高，做正经事时提不起兴致，可在胡扯的时候却个个眉飞色舞。

在石氏家族的企业里，管理人员对员工都不怎么友善，原因就在于管理人员都在模仿石氏兄弟对员工的态度。可石老大也是“苦出身”，是从底层一点点发展起来的，所以他知道底层员工的情况，内心还是能理解他们的。他觉得这些年轻人，不论本地人还是京漂一族，都要背负着相当大的工作、生活压力，事业上都没有站稳脚跟，想要谋求到一个不错的前景太不容易了。但长期的职场拼斗，让他经历了太多的尔虞我诈，心就越来越冷，与手下员工相处时，耐心也越来越少。

而石建设却只是一个富二代，他的年龄同石红旗差得很多。石红旗刚刚到北京奋斗时他才上小学，石红旗有所成就时，他正好读完高中，年纪轻轻就直接进入公司做了二老板，骄横跋扈就很自然了。对公司的员工，不论高层管理人员还是底层员工，从来都不客气，甚至是骂来骂去。

虽然同样骄横，但石家兄弟的外在表现却不一样。老二的想法很简单，这公司就是我们家的，规模再大，员工再多，也要听我们兄弟的，对于员工我想怎么样就怎么样，受不了的就给我走人。

而石红旗则多是从公司经营和人事管理成效的角度出发，想办法让员工的精神状态好起来。为此他想了不少办法来激励员工，还专门聘请了高级人事管理人员，安排实施员工培训计划。

这是张文化就职这家公司后，头一次参加员工拓展培训。在一个多月的时间里，近千名员工都要轮流参加，连武友谊这样 50 多岁的高层也要参加，连滚带爬，一个动作也不能少，嘴里还要喊着：“我能行！”“团结一心，为了公司，为了事业！”

培训项目结束以后，按惯例还有一个交流活动，就是把参加了培训活动的员工召集起来，交流、讨论一下参加活动的心得体会。这既是为了巩固培训成果，也是为了检验培训效果，大老板要看一下员工到底有多少收获。

由于公司高层很重视这次活动，石氏兄弟也常来听，所以员工们在发言时都很积极。因为是头一次参加，张文化对整个过程都觉得很新鲜，感觉又回到了大学时代。

在交流会上，一位员工说，他参加活动的收获是增强了对同事的信心，公司就是一个团队，员工之间相互信任是我们这个团队的基础，要是员工之间缺少了信任，公司就毫无战斗力了，所以他觉得建立起来一支相互信任的团队特别重要。在活动过程中的“信任倒”项目，就最能证明这一点，每个员工都要站在高台上，然后身体就直直地向后倒下去，只是靠下面的同事用双手拖住，这需要多么大的勇气与信任，如果怀疑同事，他就在倒下之前犹豫不决，如果相信同事，就会很利索地倒下去，从这一点就能看出我们公司是很团结的。还有那个“穿越电网”的训练，需要所有员工在不接触“电网”的情况下穿过网洞，可是在没有他人的帮助下，你是很难一个人独自通过的，这就要求“被送者”和“送人者”之间建立起充分的信任。

员工在台上讲得兴高采烈，公司高管们却都正襟危坐，因为他们看到大老板并不兴奋。石红旗不兴奋的原因，是这样的发言他每年都要听好多次，都是公式化的话，没有新意。

员工讲完后，一位部门主管就跑上去发言，他给大家说了一个故事。

故事是这样的，有一个将要死去的人，特别想知道天堂和地狱究竟有什么区别，只有知道了具体情况后，他才能决定去死。一位教士答应了他的请求，之后就把他给领到了地狱。

这个人看到，在地狱里面，好多人都围着一口特别大的锅，锅里煮着鲜美的肉汤，但是锅边的人们却都面黄肌瘦，只能扶着锅边勉强地站着，他们每个人的手里都拿着一个长柄勺子，由于这勺子的柄实在是太长了，因此这些人怎样都没法把肉汤送到自己的嘴里，大家只能看着汤锅发愁。

看过地狱以后，这位教士又把他送到了天堂。在天堂，也有一口巨大的锅，锅里面煮的同样是鲜美的肉汤，围在锅边的每个人手里拿着一柄同样的长柄勺子。不过，不同的是，这里每个人都很精神，大家面色红润，特别健康。原来，这里的人都在用自己的勺子盛着肉汤，喂到对面人的嘴里，而自己则喝着别人勺子里的肉汤。

即将去世的人就非常奇怪地问教士，为什么地狱里的人不这样做呢，他们都饿成那样了，怎么不试试这个简单又实用的方法呢？

教士回答说，地狱和天堂的区别就是这样，天堂里的人因为帮助别人而又得到别人的帮助，所以全都可以健康、快乐地活着。可是，生活在地狱里的人即使知道了这个办法也不愿意去做，道理很简单，因为他们都很自私，就算饿死自己也不愿意去帮助别人。

讲完故事以后，那位主管得意地说，生活在天堂里的人，都是你喂我，我喂他，实际上就体现出了"我为人人，人人为我"的合作精神。反过来，生活在地狱里的人活得不好，就是因为他们只顾自己，不愿意与他人合作。

听了这故事，石红旗的脸色舒缓好多，公司众高层也活跃起来。

发言就像过堂一样，谁都得说，这是公司的惯例，所以张文化事先也有所准备。他先是说："我不想再说协作的重要性了，因为这道理谁都知道，对于我们来说，更实际的是协作方法，是怎样操作。在我们公司里，没有小孩子，大家都是成人，没有必要总是强调需要协作，最好还是多考虑一下怎样协作。”

之后，他也讲了一个故事，说在暴风雨夜，一个人开着一辆汽车，经过一个车站时，看到有三个人正在等公共汽车。这三个人中，有一位是身体特别虚弱的老人，非常可怜。有一位是医生，并且这位医生还救过驾车人的命，是大恩人，驾车人做梦都想报答他。另外还有一位看上去感觉特别好，是做梦都想与之生活在一起的女士，这个美好的机会要是错过也许就不会再有了。

问题是，此时车里只能再坐一个人。应该如何选择，让驾车人很为难。

显然，这是一个不好取舍的测试题。老人的身体非常虚弱，应该首先救他，让他上车。可是那个医生曾经救过你，你怎么能轻易放过这么好的机会报答他？还有，一旦错过机会，可能就永远不能碰到让人如此心动的女士了。

最后，聪明的开车人作出了一个很明智的选择。他下了车，把车钥匙交给医生，让对方带着老人去医院，而开车人则留下来陪着他的梦中情人一起等公车！

张文化说：“显然，这个办法把所有人的需求都考虑到了，因此就是最好的协作方法。我们在工作和生活中，总是不够聪明，只想带一个人上车，从未想过要放弃我们手中已经拥有的一点好处，不愿意轻易放弃手中的车钥匙，由于固执和狭隘，影响了与同事的协作。”

张文化说完，预期中的热烈反应并没有出现，连零落的掌声都没有，他只好讪讪地笑笑，回到位置坐下。

散会后，室长老周说：“文化，还是你敢讲话，别人讲的东西都先要考虑老板是不是高兴，像你这样说真感受的人太少了。不过好是好，就是容易得罪人。”

张文化惶惶不安，连忙解释，说自己并没想出风头。

老周说，你是什么样的人我自然清楚，这都看不出来，就没有资格做你的主管了。大老板很看重你，所以在他面前也是应该有所表现的。说实话，没有人喜欢听那些言不由衷的心得体会。在培训过程中，做一些体力活动就能增强协作精神了，这不是开玩笑吗？听他们这么一说，我就知道培训活动白做了。大家多是如小学生读作文一样发表感受，为的就是取悦老板。公司管理层并没有真正重视培训，高级管理人员虽参与到活动中，却不愿意与员工们交心，只是比划一下而已。既然这样，员工在心态上也就不主动，只当锻炼身体去了，活动一下，免得颈椎病和痔疮，作用仅此而已。

老周这番感慨，让张文化觉得公司太复杂了，且许多复杂的内容都是深层的，无法直接看到。看来，李和平说公司的水很深，的确有道理。

可要说公司缺少人情味，就不一定对了。这里的好人也很多嘛，李和平就是在公司认识的，武友谊对自己也是比较关照的，大老板那么冷酷的一个人，对自己却很好，室长老周现在也很关照自己，这说明不管在什么地方，还是好人多。

张文化把这感觉说给老周，老周说可不能只用好人和坏人来看待这世界，要是这样，一切都简单了。不过要说到公司里的温情，我也有同感，不只是咱们公司，北京这个城市也是这样，外表很世故圆滑，让外来人觉得自己很渺小无助，但又是一个充满温情的大舞台，只要你有足够的耐心，就能在这里把梦想变成现实。

然后，他还同张文化聊起了自己的事。

老周刚来北京的时候，同张文化一样，也租住在地下室里，一个房间里住着七八个人，形形色色的面孔在眼前换来换去，同样都是来京城谋生的人。

对于北京的快节奏，老周有时会感到窒息，因为这种快节奏的喧嚣，在山明水秀的家乡小城是见不到的。老家的小城里就那么几万人，空气也清新。可老周却非常喜欢这种喧嚣的生活环境，因为在老家时，虽然生活和工作环境很舒适，人际关系也比较融洽，发展机会却很少。

来北京后，原本安稳的工作和舒适的环境就都没了，换来的是在北京千万人海中艰难挣扎，在同事钩心斗角中艰难生存。好在自己心态平和，在上司斥责的时候能接受，在同事献殷勤的时候也能泰然处之，从来没把谁当成绝对的好人，也从来没有把任何人当成绝对的小人。就这样，慢慢混成了图书部的中坚，获得了武友谊的好感，生活和事业安定了下来。

张文化觉得老周是好人，同李和平一样，但他不理解老周说的好人坏人不绝对，他看不出作为好人的李和平、老周坏在什么地方？

【内心独白】

张文化说

李和平说公司的水特别深，对人对事要小心应付才好，这话肯定是有道理的。可谁是好人谁是恶人，我却一直区分不清楚。只对石建设这人，我能一下子从他阴暗的表情上看出来，这是一个内心很恶的人，对于别人，都很费解。

李和平曾经说，这个公司没有人情味，可我看公司里的好人也很多，我和李和平不就是在公司认识的吗？

说到武友谊，他虽然在工作上很严厉，可对我还是比较关照的。

而大老板石红旗那么冷酷的一个人，不怒自威，让员工看上去就胆怯，对我却很好，要不是他对我好，我能得到武友谊的信任吗？

而室长老周，也很关照我。

所以，我觉得还是好人多。老周说不能只用好人和坏人来看待这世界，好人坏人不是绝对的，这话听上去有道理，可细究起来，却想不明白。

怎么就不绝对呢，难道还一会好一会坏吗？

石红旗说

其实，我对手下这些员工从来就没满意过。但我不能像老二一样，把表情都写在脸上，让人一看就知道你在想什么。

从公司的高层到普通员工，大家的心态都很浮躁，尤其是那些年轻人，工作时没有热情，总是一副懒惰的样子，没有上进心，不知道好歹。

这些年轻人漂在这个大城市里，都很不容易，每个人都背着压力。可俗话说，可怜之人必有可恨之处，我给了你足够的机会，可你工作不努力，白白浪费了老板的耐心，老天也不会再容你。

【画外音】

很多老板都喜欢拓展训练，也喜欢请专业人士给员工讲课，因为觉得这样可以培养出他所需要的员工，石红旗就是这个想法。但很多青年员工倒是让训练过程和励志秘籍给毁掉了，他们总是在各种培训和励志中，被灌迷汤，玩的时候很开心，活动结束后还是得投入到办公室政治里，消耗着志向和青春。

那些形式上的东西，真的有用吗？

杰出人士的三十个好习惯、成功企业家的十个想法，优秀女人的九种行为，卓越人士的七个定律……真的有用吗？

让人眼花缭乱的励志书，总是在告诫人们，一定要拥有一个好心态，因为心态能够决定命运；你对这个世界微笑，世界上的一切也就会对你微笑；一定要坚守住自己的梦想，只要执著不懈了，就一定能成就梦想；要绝对相信自己，相信未来，相信奇迹一定会发生在自己的身上；一定要相信心灵的强大力量，不停给自己暗示，这样就能激发出内心的潜力，要经常对自己的内心说："我一定能成功！""我要坚持做自己！"

做自己，这不是一句废话吗？不做自己，难道去做别人吗？可是，在那些商界和文艺界的名人、大师们的鼓动下，不少年轻人还就真的不再考虑自己在公司里的境况，只是一心按大师们的指引去"做自己"，并且还认为这种坚持是非常应该的。

有人做自己是坚持圆滑世故，有人做自己是故步自封。不管怎样，对认为正确的事情，坚持是应该的，但一定得省去那些不知所谓的高调，即使这些励志内容是真理，用高调的形式弹奏出来也就变成了扯淡。

大师们一般在扯高调时，总是习惯走极端，他们很容易忘记告诉年轻人，命运并不只是由心态来决定，未来和奇迹也是不可以盲目期待的，你若对这个世界微笑换来的也许只是冷嘲热讽，你对梦想的坚持若没有现实的努力也是白搭。

至于那些"我可以！""做自己！"只是一个口号而已，说着玩玩就罢了，只能烘托一下气氛，绝不能信。以作秀为业的人，没有谁会再跟着喊一句"因为你我不同，所以别像我一样作秀！"

另外，张文化这个人虽然比较重视内心修养，但呆头呆脑的个性总是难以改变，这种个性会给他带来什么，取决于他人的心情。如果人家的心情好，你的呆笨就是率真，如果人家的心情不好，你就是自找没趣。

要知道，在这样一个大公司里，不与各级上司保持同样的步调，也不与同事保持同样的调门，是很难获得职业发展机会的。

在拓展活动结束以后的交流会上，张文化没有顾及前面发言人的心情，仍然想到什么就说什么，这让善于察言观色的员工们一下子不知所措了，自然就没人配合。当时，大老板石红旗也是意兴阑珊，所以对那些重复陈词滥调的员工不感兴趣，对角度一新的张文化也没有什么反应。

6. 无处安放的情感

【画外音】

情感，在职场中是个非常尴尬的东西。

谁都想成就一段美丽的传奇，让自己的情感世界时不时地搅起涟漪。可职场还有一个特性，那就是冷酷！

一般来说，冷酷的职场里，很难安放美丽的情感。在这里，大家只想着通过奋斗成为更加凶猛的动物。

现在，张文化在公司基本稳定下来了，主任和室长都很关照他，同事也接受了他。陈迎宾就开玩笑说：“你应该考虑找个女友啦，不缺胳膊不少腿的，都 26 岁了还不解决这事，不正常啊。”

其实，张文化在两年前有过一个女友，已经确定恋爱关系后，人家却突然对他提出分手，而且也没给出一个靠谱的理由。

后来他对陈迎宾说，真实的理由就是自己太穷了。肯定是她遇到了个“高富帅”，就对自己这个身高、长相都一般的穷小子没信心了。

从那以后，张文化就一直回避感情方面的事，他说怕麻烦，感情上的事扯不清，太伤神。

陈迎宾很认同，因为他自己与女友虽然从大学到如今，相好多年，但一直由于收入不稳定，无法考虑结婚，而且最近还爆发了危机，闹得越来越厉害。

陈迎宾女友上班的公司，同张文化的公司相邻不远，每天总是一起挤公交车。

这天早晨，又下起了大雾。冬天的雾，让人感觉很阴冷。

在车站等车时，张文化见陈迎宾和女友有点异常，都不说话，看来又吵架了。

上了车，女友就给家人打电话，说年底放假时不打算回家了，然后就扭过头，对着车窗默默流泪。

陈迎宾小声说："我们可以回家啊。"但女友不说话，也不理他。

一会，女友小声说："我没脸回家，国庆放假时你到我家，说我家人因为你收入低就奚落你，让你没自尊，让你难堪，那你还去做什么？"

这回陈迎宾无话可说了，女友又说："咱们在一起过了这么长时间，一点积蓄也没攒下，每月工资发到手就花掉了。回家的时候，从来都拿不出像样的礼品，你有脸回，我可没脸。"

陈迎宾忍不住了，突然发作起来，大声说："好吧，是我对不起你，行了吧？"

女友把头扭向窗外，一会又小声说："你整天玩网游，为了这个你甚至不上班，一个大男人依靠我打工供养着，你凭什么发脾气？"

周围很安静，同车人都在默默地听着二人争吵，陈迎宾红了脸，说："是我对不起你，你也别跟我过了，我不配你！”

之后，两人就都不说话了。

车到下一站，女友突然站起说：“那就分手吧，别再来找我！”然后就跑下车。

张文化伸了一下手，没拉住，就推陈迎宾下车去追。

陈迎宾却不动身，只是说：“算了，算了吧，让我解脱吧。”

窗外，女友满脸泪水，在雾气里快步走着。公交车开动了，她身影越来越小，慢慢地消失不见了。

陈迎宾低着头，而张文化却满脸通红，好像是他做了一件丢人的事情。

这一整天，张文化的心里都很难受。可是晚上回来见到陈迎宾，却看他面色如常，仿佛没发生任何事。张文化知道，此时的陈迎宾心里相当压抑。

一天，张文化接到通知，说董事长要见他。

他有点紧张，不明白二老板找自己会有什么事情。到这家公司以来，他被找去谈话的最高上司只是部主任老武，武友谊在开会时是很严肃的，但与人单独相处时却非常随和，即使张文化这样没什么资历的新人，与他单独交流的时候也很轻松。

而二老板石建设就不一样了，他可不像武友谊一样好相处，看面相这人就难以沟通，一脸横肉，眼光总是很放肆地在他人身上扫来扫去。张文化到公司的时间虽不长，就已经看到石建设多次训骂员工，而且骂的时候一点情面也不给，即便是年长他很多的老员工，也被骂得很狼狈。

张文化前往董事长办公室，在走廊，却远远看到陈迎宾和石建设站在办公室门口。看到张文化走过来，陈迎宾就走开了，也没与张文化打招呼，只是擦肩而过。

看来是石陈二人刚刚谈过话，石送陈出来。

二老板找陈迎宾会有什么事情，而且还挺神秘，张文化很疑惑。

看到张文化，石建设抖了几下脸上的横肉，展出一点笑意，说：“老大特意过问了你的情况，知道了你报的选题，挺高兴。”

张文化没想到，大老板还这样关注自己的情况，二老板也对自己如此态度温和，一时间竟然有些感动。

张文化这股兴奋的劲头，直到下班回到家中也没消退，他告诉陈迎宾，像石建设如此不可一世的人，能够这样温和，说明大老板很认可自己。

然后问：“二老板找你做什么？”

“嗯，没什么。”陈迎宾似乎心不在焉，不愿意说什么。

没过几天，陈迎宾就把在公司的兼职工作给辞掉了。

张文化很不理解，就打电话过去问：“这事你怎么也不事先告诉我，是因为那天石建设对你态度不好吗？”

陈迎宾沉默。

“那你下一步想做什么，得再找一个工作吧？”

陈迎宾还是不想详细说，只说心情很糟，也不知道从哪里说起，现在什么都不想做，只想冷静一下，相关的事情过些天再说，之后就把电话挂断了。

这些天北京总是下雾，张文化向窗外望去，虽然已经将近中午，雾气还没有消散。忽然，他看到那“怪老头”又在树林中出现了，还是双手拄着手杖，上身笔直地坐着，身后还是立着一个年轻男子，同样挺立得很直，如同军人一般。

这时，陈迎宾发过来一条短信，说想离开北京，去外地发展。

陈迎宾似乎被失恋击垮了，欢快的情绪都被收走了，剩下的只是沉默，偶尔也冒出一两句听起来很怪的想法。

张文化没有回复陈迎宾，他现在想的是那个“怪老头”的事，就打电话给李和平。

李和平却说，关于“怪老头”的事，他已经有了更多的进展，并让张文化现在就出来，同他去见一个人，并表示这事与“白领的战场”书稿有关。

他们要见的人叫赵河北，是一个矮胖的秃顶老人，70岁左右，别看如此高龄，却仍然经营着规模很大的公司，旗下业务有房地产和旅游，这家公司距离张文化所在公司并不远。

这些天李和平一直没闲着，他打听到了那“怪老头”的线索，之后就循着线索，一步步找到了这位秃顶老者赵河北。

赵河北告诉李和平，那老人叫孙燕山，并不是他的父亲，而是他父亲在部队时的老上级。60年前，孙老去了台湾，之后又到了美国。

15年前，孑然一身的孙老回国观光，遇到了赵河北，赵河北就劝他留下来。可回国没两年，孙老就患上了老年痴呆症，赵河北就把他留在家中侍奉，还专门安排人照顾起居。

现在孙老只认得赵河北，每日就喜欢到林中枯坐。

当赵河北得知李和平要把孙老写进书中，坚决不同意。他说，当孙老还明白的时候，就拒绝过报纸的采访，他不愿意招摇，只想平静地生活。

李和平解释说不会打扰老人，只是想把他的精神写到书中。这位老军人虽然已近百岁，但身上的傲然意志和铁血精神，却是当前的年轻人所缺乏的，太有价值了。

赵河北说既然你只在书中表现精神，不讲名姓，也不说具体事迹，那就只管写，我也愿意把孙老的传奇故事讲给你。

当赵河北听李和平说，是张文化从老人的精神状态，引申出“白领的战场”想法时，就夸赞这个“小兄弟”真是有心人。

赵河北满面红光，白眉慈目，看上去就让张文化心生敬意，这一夸赞，让张文化倍觉温馨，竟似受到长辈的关爱。

张文化问，听说要是有人很散漫地走过，老人就会催促，是这样吗？

赵河北说孙老痴呆以后就这样了，大家分析，他虽然不记得近期的事情，但对于久远的事情却可能记得相当清晰，尤其是年轻时军旅生活中一些重大紧急的军事行动。父亲在世时曾说，孙老治军极严，如果发现手下军人行动懒散，过去就是一鞭子，他从来就容不得散漫的人在眼前晃来晃去。

张文化说，可能老人的头脑中，还经常是车马萧萧、征尘满天的场景，所以就看不惯眼前这些悠闲的人了。

赵河北说人们只看到一个疯老头，很少有人能体会出老人内心的感受，看来我们还真是有缘分。

【内心独白】

张文化说

我一直都在回避感情方面的事，因为怕麻烦，感情上的事从来都是剪不断，理还乱，太伤神了。

陈迎宾和女友从大学就相好，一直到如今，又能怎么样呢？俩人的收入一直都不稳定，都在漂着，根本就没法考虑结婚，最后还爆发了危机，闹得不可收拾。

所以说，你要是没法给女友一个温暖的家，那就别谈恋爱，你没这个资格！

陈迎宾说

看来张文化是对的，他不谈恋爱的做法有道理。

一切都过去了，经历这件事以后，我不会再优柔寡断，也不会再儿女情长。要说还有一点情感，我也要深深埋在心底。从此我只相信铁血，不相信柔情。

只有身体累了才想到休息，只有心累了才能淡定，只有长大了才算是成熟，才能把这个社会看透。

蹲下来给自己一个拥抱吧，这个世界上没有人能在情感上帮助你。我想通了，活在这世上，就是为了忍受摧残。

赵河北说

张文化这孩子很坦承，一看就知道，他的眼光比较清澈，内心就很简单。

现在这样的人很少了，不管年轻人还是老人，大家都在伪装，都在装人。故意把自己弄成很世故的样子，实际上却不伦不类。

但坦承也不一定就好，张文化在事业之路上，可能会遇到很多坎坷，这也正常，哪有年轻人不经过挫折就成功呢。

【画外音】

像陈迎宾和张文化这样年龄的京漂，既要挣扎着解决生计与事业发展问题，又要解决情感问题，且由于漂泊异乡，缺少亲友的帮助，实在是太难了。

可再难也不能回避，事业、爱情，这是一生中最重要的大事。难就难在这决定一生的大事，却必须要在一个人最没底气时安排好，真是太考验人了。

陈迎宾曾经想过，女友这样的人值不值得他珍惜，面对着这样一份爱情，要想长久幸福下去的话，除了两个人都真心爱着对方，缺少经济基础行不行呢？

谁都知道真心相爱，再加上富裕的收入，生活一定会更美好，但缺少金钱就一定不可以吗？

是的，也许你曾经看到一些相爱的年轻人都还没什么钱，为了将来能过上好生活，却互相理解，共同奋斗，一起拼命工作赚钱。

但这种情况下，更多的情侣则是无休止地抱怨，发作到极点后就分手。

那么事业和爱情是矛盾的吗？

很难说，但能够确定的是，事业和爱情一定会相互找麻烦。如果解决得好，这种小麻烦就是将来很值得回忆的人生片断。若是解决不好，结果就是陈迎宾目前这个样子了。

若是问起，你在面对事业和爱情之间的抉择时，会选择哪一项？

可能有九成以上的男人会说选择爱情，因为谁都不喜欢一个不懂得爱的男人。可是在内心，恐怕会有九成的男人选择事业。因为男人都清楚，没有事业的爱情是基础不稳的，女人可以喜欢一个没钱的男人，但若要她最终嫁给一个注定没钱的男人，会很不情愿，这是事实。

从这个角度来说，男人就必须对事业保持一种狂热的拼搏精神，把事业作为必不可少的东西。爱情并不只是激情和兴趣，只有事业获得良好发展，才可能得到真正意义的爱情，否则就可能获得为了钱而没完没了争吵的爱情。

可是，女友最初跟随陈迎宾的时候，他也同样的困窘，这能说明女人一定喜欢金钱作为基础的爱情吗？

在这一点上，女人与男人是有所区别的。虽然在实际的家庭生活中，女人最终会为经济基础与男人较劲。但一开始面临金钱与爱情的选择时，不少女人可能还是会选择爱情，而将来是否能坚持这种选择，就是另外一回事了。

因为女人出于感性，会很容易地认可拥有一段美好的感情是幸福的事，浪漫爱情就是世界的全部内容，在情感面前，理智很难立足。只有以后考虑到柴米油盐时，理智才会慢慢回归，那时就有可能作再一次选择。

现在，陈迎宾女友就是出于这样的情况，作出了第二次选择，离他而去。

女友的选择并不应该被指责，她把自己人生中最美丽的青春年华献了出来，给了这个人生中最困窘的男人，陈迎宾还有什么可抱怨的？

那陈迎宾就应该如此可怜吗？

这个年龄的京漂，或漂泊在任何一个地方的男人，难受点也没关系，再难受只是人生中的一个瞬间，过去就好了。不像40岁或50岁以后的离开，那种难受绝不是20岁出头时的离开可以比拟的。

同属于两个人的感情，需要共同呵护，在面临事业和爱情的艰难抉择时，不管是男人还是女人，在作出选择之前，或许应该先为对方考虑一下，想一想对方的感受。不过，这时最不应该拿出来的就是同情，只需选择最为双方负责的方案就是了，应该自珍自爱，好自为之。

人生苦度，苦中作乐。好在陈迎宾很年轻，再大的苦楚不久也会沉淀在心底，变成记忆。

生活还在继续，但女友的离去让陈迎宾的人生就此发生了重大转折，陈迎宾本人也没有意识到那是一个改变他一生的时刻，因为他为此陷入到了极度的自卑之中。

他觉得自己很垃圾，各个方面都很差劲，所以才留不住女友，为此，一定要有所改变。

7. 爱恨满江湖

【画外音】

江湖有爱，让混迹其中的人心驰神往。可江湖还有恨，能让人们失魂落魄！江湖的每个角落都隐藏着蔫坏和嘲讽的眼光。

但我们却不能不投身这江湖，或迷惘在江湖中。

冬去春来，三个月后的一天，陈迎宾发来短信，说他想好了，要离开北京，去上海发展，而且是马上就走，要张文化到火车站见面。

陈迎宾是不是被那次失恋搞得不正常了，怎么做事总是神神秘秘的。张文化立刻向老周请了假，赶到北京西站。

陈迎宾瘦了许多，只背了一个包，立在熙熙攘攘的人流中。

张文化问："是找到工作了？怎么也不至于这样急吧？"

陈迎宾说："是的，上海的一家网络游戏公司聘用了我。你帮我把房子退掉，我的东西你处理吧，没用的就扔掉，是女友的就通知她取走吧。"

"那你离开北京去上海工作，是因为失恋？"

"就算是吧，换个心境，以后你一个人做'北京梦'吧，我陪不了你了。"

回去后，张文化一个人站在陈迎宾凌乱的半地下室里，不高的通风小窗透过来一缕早春阳光，他四下张望，心中顿生凄凉。

窗外，看护孩子的老人在说笑，孩子们在打闹，一派温馨，但张文化却觉得那些声音是从很远的天际传过来的。

其实，陈迎宾去上海是石建设安排的。

网络游戏是公司的支柱业务，为了了解竞争对手的情况，就计划派人进入上海一家网游公司的业务部门做卧底。为了不穿帮，就在公司兼职员工中挑选，由于看上去相对可靠一些，又比较机灵，石建设就选中了陈迎宾。

陈迎宾在公司的时间不长，从事的是兼职图文设计，并且不常来公司，公司的许多员工都没见过他。

一天，石建设找到陈迎宾，关上门后，神秘兮兮地说要交给他一项特别重要的工作，打算派他去上海，到一家网络游戏公司里为本公司开展市场调研。

这是什么逻辑，去外地同行那里给本公司调研？陈迎宾再往深处一想，立刻就紧张得手心出汗了，他知道，上海那家公司正是本公司的主要竞争对手。这哪里是市场调研，其实就是做商业间谍，去同行企业里卧底，为公司偷取竞争利益。虽然石建设说得轻松，但这绝不是一件轻松的事情，如果情况严重的话，就有可能触犯法律。

陈迎宾越想越害怕，甚至忘记了石建设还在等着他的答复，只是两眼发直、神色惊慌地盯着对方。

见陈迎宾还是发愣，石建设又说："当然，这项工作还是有一定难度的，比如要保密，要尽力取得人家的信任，但公司相信你有能力做好。另外，我们都是一个圈子中的成员，有共同的利益，所以要同舟共济，要尽量为共同的利益圈子多做贡献，要是我们这个圈子更强大了，每个成员能够分到的利益不就更多了吗？现在网络游戏行业竞争这么激烈，大家都在跑马圈地，哪个公司力量强、方法多，得到的市场份额就多，等将来市场规范了，机会就没有这么多了。"

我能和老板有共同利益？陈迎宾怎么想都想不通，都觉得自己是在梦中与他人对话。石建设是公司最高级别人物，从来都是穿锦衣乘宝马，来去匆匆，而自己则是公司里层次最低的小人物，甚至需要和出租车司机为了几元车钱斤斤计较，怎么能是同一个圈子里的人呢。

看陈迎宾神色缓和一些了，石建设马上说："如果愿意去上海，就同公司签一个保密协议。去上海之前我给你三万块钱，回来后再给十五万。在上海，只工作一年即可。你在对方公司里还可以得到一份收入，这样的好事还犹豫什么？"

其实，陈迎宾是怕在人生中留下污点，也不愿意在一年的时间里离开女友。

但他也知道，公司把这么机密的事情交给自己办，肯定是经过深思熟虑的。他也清楚，如果不答应下来，恐怕也没法在公司混下去了。石建设还可能为了保住这件事的机密，对自己采取一些制约手段。

石建设说，这本来是很简单的一件事，又不是要你去做间谍，你只需定期把平时看到的反映给我就行了。而且，你只要去求职就一定会被录用，还会被安排到我们所需要的部门，整个过程你只是顺水行船，一点也不费事。

陈迎宾问怎么会如此容易，人家上海公司怎会配合我？石建设就严肃起来，说这个用不着你操心。

陈迎宾想了好几天，还是不敢下决心，可又不能同朋友交流，一直犹豫。是女友分手一事让陈迎宾不再犹豫，就答应了石建设。

签了协议，拿到了石建设给的三万元首付款后，陈迎宾就打电话给女友，但女友却一直不接。

他就连发了数条短信，说我们现在有钱了，从此我可以给你想要的生活，我们重新开始吧。

女友回了短信，说这也不完全是钱的事，心和梦都已经碎了一地，无法再收拾起来，多少钱也不能换回来了。

陈迎宾再打电话，女友还是不接，只是发来短信，说不要再试图做些什么了，没用的，你知道我的性格，我一向意志不坚定，但若下了决心，就无法更改了。

这事更让陈迎宾坚定了决心，他要马上离开北京，离开这个伤心地。

虽然女友说分手不是钱的事，而且陈迎宾有钱了，她也不愿意再回来。可陈迎宾认为归根到底还是钱闹的，所以他现在对财富有着一种特殊的看法，他憎恶钱财，是钱财让他失去了女友。他又下决心，要不遗余力地挣钱，把钱财弄到手后再任意驱使，只有面对财富时不再惊惧和唯唯诺诺，他才能满足。

就这样，陈迎宾心情复杂地告别张文化，登上了火车。

在火车上，陈迎宾给女友发了一条长长的短信：感谢你在我最困窘的时候，与我同守清贫。那时，我买不起你需要的房子和漂亮的衣服，更无法送给你一个婚礼，甚至只能让你在租住的寒冷地下室中忍受病痛。我只能编织一个又一个梦想，让你一边艳羡一边憧憬，这让你在家人和朋友的面前抬不起头，这是我一生最大的憾事，永远无法原谅自己。我现在已经离开了这座伤心的城市，希望今生能找到机会，回报你。

女友一直没有回复，陈迎宾知道，对方是不想给自己任何机会了。想到人生中最重要的一页就这样被翻过去，他不甘心，更伤心。

看来，自己更像是一个傻子，来到这个繁华的大都市，满以为能雄心壮志地闯出一番事业，而且还做好了吃尽一切苦头的思想准备。可最终的结果却是失败，这让他无法接受。

他和张文化一样，都生活得很不如意，不同的是，他的想法更多，在职场中挣扎得更混乱，失败之后对于这个城市更加爱恨交织。

他还是爱这里，不愿意离开，作为一个失败的京漂，他既扎不下根，又迈不开腿。想着想着，就靠在座位上沉沉睡去。

【内心独白】

陈迎宾说

石建设让我去上海，到同行那里做卧底，他所说的市场调研，其实就是去做商业间谍，给石家兄弟偷取商业情报。石建设说得轻松，但我不是傻子，这可不是一件容易的事，要是说得严重一些的话，就是在犯法。

不过，石建设也不完全是个玩世不恭的富二代，他竟然能够看透我的想法，知道我需要这个机会。既然是个机会，就要抓住，就如同吕民族说得那样。机会是上天给我的，如果不接住，以后就不再给你了。

但抓住了这个机会，我就不干净了，就成了一个有污点的人，但没办法，这几乎是唯一的上升之路，我不能放弃！

我不想离开北京，不想离开张文化，可我在北京生活得很不如意，在职场中不停地挣扎，却越挣扎越混乱。失败之后，对于这个城市，更多的是恨。

我是一个失败的京漂，在北京扎不下根，也不能为女友提供任何温暖。买不起女友需要的房子和漂亮的衣服，只能编织一个又一个梦想，说给女友听。更无法送给女友一个婚礼，只能让她在寒冷的地下室里忍受病痛。

她离开了我，这也是一件好事，让我从此现实一些，不再忙着编织一个又一个梦想，不再忙着憧憬未来。

张文化说

我一个人站在陈迎宾留下的半地下室，身边乱乱的，心里的凄凉感觉真是太难受了。尤其是窗外，老人在说笑，孩子在打闹，多么温馨，可那些声音却与我一点关系都没有。那是天堂传来的声音，而我却身处地狱。

这感觉让我终生难忘。

石建设说

陈迎宾根本就没有讨价还价的任何余地，一个刚刚毕业没多久的穷小子，面对这么好的机会，他能不接住吗？这么机灵的一个人，怎么能看不出其中的好处呢。所以这骨头我一扔过去，他就张嘴叼住了。

这就对了，你一个没有任何资本的人，还想着什么风险不风险的，做什么事情没有风险？

【画外音】

陈迎宾比较清醒，并没有让石建设那几句好听的话给忽悠住。但摆在眼前的钱，却打动了他，因为他再也不想过那种穷日子了。

欲望都市里人来人往，都是为了利益，这利益让人心动，也会让人心烦。就像陈迎宾这样，把事业发展机会和利益摆到眼前时，就心慌意乱了。

心乱的原因就是利益，这都是欲望闹的。好吃的东西不一定都摆在餐桌上，有的还摆在老鼠夹上。可能有人善于火中取栗，善于玩高难动作，愣是把老鼠夹上的美食给平安地取了下来，吃到了肚子里。

但绝大多数人都没有这个本事，也没有这个胆量，却又不肯放弃美味，所以才心慌，才郁闷。此时如果有人在耳边忽悠一下，当事人就可能会冒着风险冲上去。

石建设并不愚蠢，他做事很讲求方法，所以就向陈迎宾抛出了"共同利益圈”，他要利用陈迎宾的时候，就把利益圈子打开一个小门，让陈迎宾看一下里面的珠光宝气，然后关上门同陈迎宾讲价钱。你如果答应了，就有可能真的收你进入“上流圈子”，如果你不答应合作，那么难得的事业发展机会就白白地流失了。

陈迎宾虽然还算冷静，能清醒地认识到自己并不是人家圈子里的成员，自己与人家是玩不到一起的，若是答应了，还可能负担法律和道德风险。但他最后还是吃下了那老鼠夹上的美食。

谁都想美梦成真，可是在现实中，你必须把美梦降低到与自身相对应的高度才可以，要看清楚自己的利益在什么地方。

陈迎宾是被情绪和利益冲昏了，没有做到进退有度。

生在这个时代，最不能不知进退，只进不退的人不理智，只退不进的人则是懦夫，都不可取。陈迎宾知道此时应该进行调整，但却进退失度，不知道应该前往何处，不知道应该退向哪里。

许多人都是在经历了多少次失败以后才明白道理，才善于进退，命运对任何人都曾经不公过。为什么40岁以后的人，往往做事成熟，进退有度，只是因为他们曾经被失败折磨过，从而变得老练。

平时，陈迎宾要比张文化理智得多，只可惜，作出去上海的决定，却是在情绪不稳定的情况下进行的，就很难把握方向了。

8. 理想扭曲了现实

【画外音】

理想不能没有，可如果满脑子装的尽是理想，也就太“文学青年”了。

成天心怀理想而不顾现实的人，就像一块掉进了灰土里的嫩豆腐。痴迷于理想，就等着享受悲凉的结局吧。

给陈迎宾收拾好剩余的物品，并联系房东退了房后，张文化精神恍惚，回到家中就倒头大睡，直到被李和平电话叫醒，已经是下午4点了。

李和平说，他现在同武友谊谈撰稿事情，一时间走不开，想请张文化帮忙，到北京站接个朋友。

张文化到了北京站出站口，按李和平留的电话打过去，身边一个人的手机就响了，那是位大概20岁的高个子女孩，身后还有两位50来岁的中年人，像是夫妇。

那中年男人是李和平夫妇一同读高中时的老师，他和妻子是送女儿郑海阳到北京上班的。郑海阳是经同学介绍，到北京一家演艺公司应聘，由于没有住处，就先在李和平家落脚。

这可苦了李和平，他老婆李丽是个醋坛子，虽然郑海阳是她和李和平一起看着长大的，但还是怀有万分的戒心，李和平即使看过去一眼，她也立马就把脸沉下来。

受陈迎宾一事的影响，这几天张文化的情绪一直不好。可陈迎宾远赴上海了，李和平一天到晚被醋坛子老婆纠缠，仅有的两位可以倾心交流的朋友都无法帮助他。

他给陈迎宾打电话，想问一下那边的情况，可号码已经换了。他突然感到非常孤独，屈指一算，在北京工作已经半年多，周围却没有几个朋友。

虽然找不到至友交心，公司里的同事多少还可以交流一下感受。现在张文化在心理自助项目室已经有了一定的地位，至少在表现上，大家都很愿意与这个眼光和运气都不错的人交往。

这天，张文化一到公司，就有同事过来恭喜，他策划的《白领的战场》出版了，而且大老板石红旗还把这书送给全公司的每位员工，并在书上签了名。

同事说，这说明你策划的选题取得了空前的成功。先不要管书卖得好不好，获得大老板的认可才是最重要的，这比销售出去几万本还重要。

大家正说着，室长老周来了，说主任请张文化过去。

武友谊先是给张文化道喜，然后关了门，递给张文化一个红包，说你最近工作成绩突出，所以公司决定，把上半个年度的董事长奖励基金发给你。

张文化受宠若惊，都不知道怎么感谢了。

这个董事长奖励基金是公司的一种特别奖励，每隔半年，董事长都会在全公司员工中，选出一个工作表现最好的，发给奖励基金。奖金数额不小，但荣誉比奖金更重要，能得到董事长奖励基金，就意味着得到了公司上层的深度认可，踏上了职业发展的快道。

张文化知道这份荣誉的价值，所以才激动得不知所措。

老武又是祝贺又是夸奖，说张文化在职场励志选题方面眼光独特。张文化连忙摆手，说这不过是误打误撞，自己还只是一个新手呢。

老武客套了几句，却又突然严肃了起来，神秘地说："不过，还有个事情需要提醒你，这个时候你更需要冷静一些，因为有员工反映你太过骄横，自由散漫。"

张文化愣了，说："从进入公司起，我一直都挺小心的，再说您这么关照我，我怎能不知道好歹呢？"

老武笑了，说你用不着这么紧张，我怎么能相信那些闲话呢，是有人向董事长反映，然后董事长才说给我的。你现在是个出头鸟，遭贬和被夸一样，都是正常的，这样的事情以后多着呢，学会承受吧。

从武友谊那里出来，张文化有些六神无主，得到董事长奖励基金时，他的头脑一下子就热了起来，但后来老武说的事情，又恰似给热火中浇了冰水，这一热一冷，就把他的头脑搞炸了，炸得一塌糊涂。

张文化想找李和平聊聊，但李和平此时也正焦头烂额。

还是郑海阳的缘故，她的父母没走时，李丽还能克制，因为她和李和平都是人家的学生，总要讲些面子的。当老师离京后，李丽就发作了，非得把郑海阳给赶走，就算李和平加着十分的小心，对这个小师妹从来都不多看一眼，但醋坛子却越来越酸，一天也容忍不了。

李和平痛苦万分，人家孩子刚刚来北京，怎么好意思给赶出去。

虽然张文化来了，但李丽并不收敛，当着张文化的面，像训犯了错的孩子一样教训李和平。她说李和平不抓紧时间处理稿件，却经常写诗，写出来的诗又不能当饭吃，不能卖钱。

李和平怕李丽更厉害地发作，只好赔着小心，小声说："只是有时有心情了就写一写诗，不常写的。"

虽然李和平表现得很恭敬，可李丽并不领情，对张文化说："他从来就不是一个顾家的人，别人都在想办法赚钱，恨不得一个人做八样事，他正好相反，总想轻松。他说写稿要思考，不能总写，那思考的时候出去打一样工赚点钱不是更好吗？你怎么说也没用，他就是喜欢像个女人一样窝在家里。"

家里没法呆，李和平就拉着张文化出去走走。

出了门，还能听到李丽在说："这要是别人，早就跟你离婚了。一月才六千多块钱的收入，在北京又要租房，又要供孩子上学，还要供一家子吃喝……”

李和平一边快步走，一边无奈地说：“唉，真是斯文扫地啊。这些天因为郑海阳借住在家，老婆就没完没了地闹，表面上她是同我闹，实际上是说给人家郑海阳听。想找个安静的环境实在是太难了，一吵闹我就心乱，什么都写不出来，有时气得我手抖得厉害，但还不能当着客人发作。”

看来李和平正水深火热呢，张文化只好一边走一边聊些闲话，后来说到《白领的战场》那书，李和平的心情才舒展一些。

从李和平家出来，张文化就去了吕民族那里，他觉得吕民族很谙世故，又曾表示乐于与自己交往，一定能给自己出些主意。

吕民族听了张文化述说后，就说你这明显是得罪人了。

张文化说自己想过好多遍了，就是琢磨不出得罪了谁。自从到公司，一直很小心，从来就不多说一句话，每天一上班就埋头做事，对任何人都恭恭敬敬，怎么会得罪人？

吕民族说各种可能都会有，比如你得到了公司大老板的赏识，这就会让周围的同事心生妒忌，暗地里对你发难。也会引起中高级管理层的反感，认为你越过他们向大老板买好，而他们若是想打击你，就更容易了。

张文化说自己对室长、主任、副总等上级就更恭敬了，再说也看不出谁反感自己啊。

吕民族笑了，说你表现得恭恭敬敬就不得罪人了吗？恭敬的样子只是表现了你的主观态度而已。虽然你不想得罪人，也害怕得罪人，可客观上却可能由于某种原因，不知不觉中就对一些人造成了冲击。就算你没有直接冲撞到他人，此升彼降的情况也是存在的，要是你发达了，你的同事和上级的地位，也就相对下降了。

张文化说这就是闭门家中坐，祸从天上来啊，可最头痛的是我想不出谁在向我发难呢。

“没什么大不了的。”吕民族安慰他说，“你的对手在大老板很关照你的时候向你发难，说明了他对你的忌惮程度，也说明他一定会有所作为。但他有千般手段，咱们有一定之规，由他去好了，咱们等着接招就是。你现在只需稳坐钓鱼台，在公司里表现如常，对任何人还是恭恭敬敬，工作还是踏踏实实，勤勤恳恳，就可以了。”

张文化更是钦佩吕民族，也很庆幸自己又遇到了一个知己。同是圈中好友，这吕民族的城府可要比李和平深多了。李和平都30岁出头的人了，还被家务事弄得焦头烂额，身心俱疲，真是有点窝囊。

【内心独白】

吕民族说

张文化遇到了职场烦恼，难以排解，其实这并不算什么，只是小孩子见识少的正常反应，等以后挫折遇得多了，就不当回事了。

在职场上，同事就是你天然的对手，你盯着我，我盯着他，大家是既合作又拆台。所以同事间有了矛盾很正常，同事躲在暗地里攻击你也正常。

张文化得到了大老板的赏识，肯定就会让同事心生妒忌，不对你发难才怪。

当然，也会引起顶头上司的反感，你向大老板买好，就对他们造成了压力，能不找机会打击你吗？

张文化说

老吕这人很懂人际关系，同他相比，自己就像一个傻子，被公司里的同事给卖了都不知道呢。真是值得庆幸，遇到了这样一个好人。

同样是一起混的好朋友，这吕民族的阅历比李和平要强多了。瞧老吕活得多自在，而李和平又是多么难受，人和人真是不能比啊。

李和平说

想做的事情总是没法做，平时写个诗或参加文学圈子朋友聚会，总被老婆骂，说我是不务正业。

她骂得也有道理，聚会的确换不来钱。

说到郑海阳那事，就更斯文扫地了。人家郑海阳只是借住在家里，老婆就闹个不停。老婆一闹我就心乱如麻，气得不行，但又不想对她发脾气。毕竟老婆与我过了不少年的苦日子，一路走过来，没有功劳也有苦劳。

我自认不是一个顾家的人，朋友们都在想办法赚钱，为了事业忙个不停，而我却总是想活得轻松，总是想做理想中的事情，做我的老婆也确实不易。

【画外音】

同张文化、陈迎宾一样，李和平也是一个京漂，他漂的时间更长，经历更多，也更成熟一些。但经历了许多磨炼以后，他的棱角也更平了，冲劲几乎消失。虽然才30岁出头。

李和平自认为是一个有梦想的人，他认为自己的梦想并不是不符合实际的。只想能有时间写一些理想中的文字，或是小说，或是散文。

但生活却不给他这个机会，他必须用主要的时间完成公司交给自己的编辑、创作任务，其余的时间还要安排家务。

就这样，他始终徘徊在无法实现的梦想和窘迫的现实之间，手忙脚乱。

梦想并不能给我们以具体的方法，它最大的意义是给予一个方向和目标，并且带来激情，正是这种激情让我们更有动力。

但要是把梦想和生活混搭在一起，分不清楚梦想和职业规划，那就糟了，就像李和平这样，把创作的冲动和公司交给的编辑写作任务，既混合又对立地安排在一起，非常想做的事情却没有时间做，不愿意做的事情却不做不行，就只有痛苦了。

理想，这玩意若是与现实发生冲突，最好还是先放到一边。生活，从来就不是想象的那样轻松，理想中喜欢做的事，与现实中必须做的事，很难一致。

当初，李和平与张文化、陈迎宾一样，从大学走入社会之时，曾经把这个社会想象得十分美好，充满了机遇。想先找到一份理想的工作，再凭着自己的努力大刀阔斧地干一番事业。有了一些积累后就开公司，先从小规模做起，过几年以后房子、车子就都会有了。那时，真是信心满满。

现在李和平经常不自觉地总结这几年的经历，就慢慢感觉出，涉世之初对现实认识不清，一直生活在想象中。有时想着想着就长叹一声，当初怎么就那么傻，为什么会以为生活能按照自己设想的轨道前行呢？

现实生活中，李和平发现梦想越完美，现实就越残忍，当初的理想飞得越高，现在就摔得越惨。

如今的李和平算是找到了一份自己喜欢的工作，酷爱写作的他从事杂志社的编辑工作，但那些不高的薪水却无法满足自己，更无法满足夫人李丽的胃口。于是，他又找了一些兼职写作的工作，就这样努力地干着，基本能维持家庭的运转。

但他总是不甘心，有时就觉得像一个被上天遗弃的人，孤独地在这个大都市里工作着，百无聊赖地生活着。时间在一点一点地流逝，可经历的每一件事情都不尽如人意。

不如意也没办法，虽然感到无奈和迷茫，也只能忍受，只能妥协，曾经的狂热和激情都已经被残酷的现实打得落荒而逃了。

李和平心地善良，又比较认可同样真诚的张文化，所以就尽力扶持这个小同乡，虽然他也没有什么力量，但挫折教训还是有的，这也是张文化所需要的。

现在李和平体会到了生活的现实性，从理想中慢慢回到现实，并且时时做着迎接各种艰难和困苦的准备。人都是这样，20岁出头刚刚走上社会时，不会想到这些，过了几年，经历了磨难后，内心才能平和，才能以一种合理的心态去接受生活的挑战。这个时候，就不至于面对一点坎坷就手足无措了。

李和平知道，张文化不会轻易听得进去自己的忠告，不管你换了多少方式，也不管张文化多聪明，对生活残酷性也不会有切身体会。从张文化的眼睛中，他看到更多的是希望和憧憬。

有希望不是不好，但这往往会掩盖现实的残酷性。在张文化的同事中，有的人有房有车，过得体面又舒服，这当然会成为动力，促使他努力，争取享受幸福生活的机会。但若眼中全是希望，就可能看不到有的人工作了许多年，却一直居于公司的底层，既辛苦又狼狈。

人与人之间存在的差距，不是注定的，也不由自己决定，关键是对理想中生活的规划是什么样的，为获得这种生活做了些什么，有没有把目标和能力、机会结合好。

年轻的张文化在做，善良的李和平在看，他希望张文化的路比自己顺一些，希望好人有好报。

9. 漂的重负

【画外音】

京漂所期待的最好生活，最低层次就是白天可以有说有笑，晚上还能睡个好觉。但每个京漂都得背着沉重的壳，一步一步走向这内心的目标。

壳是沉重的负担，目标却是美丽的期望。他们的生活，就是用一种焦虑代替另一种焦虑，用一种欲望代替另一种欲望。

最后，有人成功了，有人却倒在路上，实在走不动了，一辈子就定格在那里。

一连好几天，李和平都没写稿，他写不下去，感觉心头压了大石头，喘不过气。张文化建议他休息一些日子，别总是把孩子学习、单位任务、老婆唠叨放在心里。

李和平说不行啊，这些事情想甩也甩不掉，你生活在这个城市里就躲不开。城市也是有脾气的，你要是躲开它，慢待它，它也会生气，也会惩罚你。

张文化说你们诗人都够浪漫的，讲生活压力的语言都这么好听。

李和平说其实一点也不浪漫，城市若是生气了，就会派小人陷害你，让老板辞掉你，让你在寒冷的街头一筹莫展。可你要是摸准了城市的脾气，它就会奖励你，让你好运连连。

你可以给自己算一笔账，在这个城市里，一年到头，付出劳动应该换回的收益，有多少是被老板给搜刮掉了，有多少是被小人给祸害掉了，有多少是被自己的坏脾气给搞丢了，有多少是由于自己鼠目寸光给放弃掉了。本来可以成为中产，失去了这些本应收入到你口袋中的利益后，你就成了穷人，这就是城市对你的惩罚！

你表现得再乖也不行，这不，我一年到头总是给遇到的形形色色的人赔着笑，可最终还是受到了惩罚。

张文化说，你老兄也太“自作多情”了吧？上天凭什么这样青睐你，把压力全都送给了你？人生在世，都得承受压力，有钱人有有钱人的压力，没钱人有没钱人的压力，这么大的城市里，哪个不是顶着压力活着，谁不是一肚子的委屈。

李和平叹了口气，说谁痛苦谁知道，只不过有人不说而已。不怕你笑话，我几天前还去看心理医生了呢，因为感觉压力太大，压得难受。医生说我得了抑郁症，说是在城市生活压力过重的情况下，产生了心理障碍。

张文化为自己刚才的轻率言语自责，看来李和平的心理状态真的不好，生活和事业上的压力太大了。

李和平其实很愿意同张文化在一起，张文化比较安静，是一个不错的倾诉对象，又很谦逊，总是习惯于倾听对方的心声，而不是像陈迎宾那样吆五喝六的。

一天，李和平说想去看大学时的老师高教授，老师对社会心理很有研究，在大学期间，就经常见老师为学生提供心理疏导，所以就想上门与老师谈一下。

张文化也挺感兴趣，便一同前往。

高教授是位很和蔼的学者，听了李和平的诉说后，就说，现在的年轻人都是这样，每个人都是背负着巨大的压力，同时还得向遇到的每一个人微笑。在职场中，除非你手中掌握极大的并且是永远不受制约的权力，别人永远有求于你，否则你就不得不祈求他人给予的合作。你要对领导微笑，要对客户微笑，还要对下属微笑，让所有的人都能通过微笑感受到你的善意。

李和平说，就是在接电话时，也要先把笑容挂好后再讲话，因为觉得对方能通过话筒感受到你的笑意。老师您讲的正是我的感觉，那怎么才能解决呢？

高教授说大家在职场里虽然笑得很专业，可心中积累的压力却越来越大，回到家中对家人就越容易发脾气。你们这些京漂，精神问题的共性非常多，只要同你们一聊，就能知道漂得好不好。京漂年轻人没有任何外在标记，标记都刻在内心中了，但用不了几句话，就能挖掘出来。或是彷徨，或是恐惧，或是空虚，表面上虽然能掩藏，但年轻人的内心是很难掩饰得住的。

心理压力这方面的事情，我可以给你一些简单的疏导办法，但没法从根本上帮助你，因为这压力我没有办法卸掉，甚至还会越来越多。原因就在于你是家庭的中坚力量，担子肯定会越来越重。你要还房贷，要照顾孩子上学，工作上还要满足雇主的要求，压力之大可想而知。你想在北京这个城市里生活就得承受压力，你现在没有资格，也没有余地调整身上的压力。为什么说你没有调整余地？就是婚姻、职场、购房等压力太强，而你又无法推掉。上级给你压担子你不敢不承担吧，房子你不能不供吧，老婆孩子不能不要吧。

得知张文化还没成家，高教授就说，那你这时候是最幸福的。又对李和平说，你没法回到小张这时代了，最有效的办法就是咬着牙跨过眼下这道坎，等你在工作上更出色一些，收入也高一些后，此涨彼消，压力就会相应降低，应对时就能够从容一些了，老婆也不必生气啦。

之后高教授就讲了具体的调整方法，他说虽然无法从工作生活条件下手改变，但在自我心理调节方面，还是可以做一些文章的，比如用自我暗示、放松等心理调节方法都能起到一些作用。心理疏导方法至少可以让你的心态平和一些，让你安静地思考一下。不过，这都是治标不治本的，你还是多从职场条件上下些工夫吧，升了官发了财以后，什么问题都会解决的，对于在城市中奋斗的年轻人来说，这几乎是解决压力的最根本途径。

高教授的自我暗示放松方法，就是发挥语言的暗示作用，通过语言和想象，引导自己进入一种比较积极或平静的状态中，让身体和心理机能发生积极的变化。

这种做法可以由心理咨询师帮助做，也可以由自己来做，自己做就是目前比较盛行的所谓的心理自助。

语言可以强化心理想象，而想象能够强化或者抑制某种心理活动，还可以进一步影响人的身体机能，这种暗示产生的效果都是有根据的。我们所熟知的“望梅止渴”和“草木皆兵”等故事，都是心理暗示在发挥作用。

用积极和肯定式的心理暗示，就能够增强你的信心，可以在一定程度上动员起来自己的身心潜能，把心理状态调节到积极、健康的方向上。比如一个人在上班出门之前，在镜子前面照一照，如果看到自己的形象很好，就会心情舒畅地出门，这就很可能是一个高效率工作日的开始。可如果看自己的脸色很差，试着用化妆品也调整不过来，眼看着上班时间就要到了，只好悻悻地出门，而这就很可能是一个低效率工作日的开端。

运用自我暗示法是能够起到缓解压力和调整不良心态作用的，可以是语言暗示，也可以是想象暗示。比如，一个人在发怒的时候，可以小声或在心里默念“不要发脾气”，“要是对他人发脾气就会把事情办糟”；在郁闷愁烦的时候，就可以提示自己“再发愁也不会有用处，正确的做法应该是面对现实”；在着急上火的时候，可以提示自己“这个时刻一定要冷静”；在思想上遇到了难以解决的障碍时，可以安慰自己“这困难再大也总有过去的时候”，“这道难关并不算什么，比起以前的困难这还是比较容易对付的”。

高教授说得非常仔细，李和平又像在大学时代一样，一边听一边拿出笔做记录。可张文化却已经心不在焉了，他不认为这些办法能有什么用，他也感觉不出身上有多重的压力，或许如李和平所言，是自己没有家的缘故吧。

告别高教授出来后，张文化问李和平有没有收获，李和平说有，感觉好多了，高先生现在经常为学生做心理咨询，他的办法当然都是很实用的。

李和平又问张文化的感觉如何，张文化说：“说实话，我没感觉出多有用啊？或许是我身上的压力不那么重吧。”

高教授的心理疏导并没有解决李和平的心理问题，回到家里，老先生说了半天话产生的效果，被李丽一嗓子“不好好挣钱，整天去外面鬼混什么啊！”就给消除了。

李和平又陷入到了无穷的烦恼中，打开电脑，却一个字也弄不出来，脑子里像灌满了糨糊。

看来老师说的话是对的，如果不能靠增加收入来解决在这个城市里面遇到的房贷等问题，巨大的压力就永远也卸不掉。

可是，李和平却不知道自己什么时候才能迈过这道坎。

李丽又在唠叨了，他就用耳机塞住耳朵。

突然，他又把耳机扯掉了，因为一个回家乡发展的想法冒了出来。在北京这个大都市里，他不可能做到“破帽遮颜过闹市”，也解决不了生活压力问题，那回家也就成为一个很自然的选项了。其实这想法李丽也经常挂在嘴边，一发脾气就说回老家，不在北京这鬼地方呆了，但李和平却从来都没把这话当成一回事。

当这种想法真的出现后，竟让他有了一种难以抑制的冲动。

不过，回老家可不是说走就能走得了的。刚刚买不久的房子还在还房贷，孩子还在北京上学，工作上的联系也都在北京，哪能抬腿就走呢。夫妻二人一商量，就决定先回去考察一下，李丽是个急脾气，既然李和平松口了，她就要马上走，于是安顿好孩子，第二天俩人就回老家了。

可他们回到家乡，说起这个想法时，却没有得到任何支持。高中同学聚会时，一个同学说：“在北京混傻啦？人家都是小城市向大城市跑，你们怎么向回跑，这不是放着白面馍不吃非得啃窝头嘛，都活30多岁的人了，怎么还会有这样孩子气的想法。”

有位女同学对李丽说：“你们这不过是一时的乡愁情绪而已，等过一段时间就好了，可不要回来啊。”

同学们的话引出了李和平一肚子苦水，他说：“你们在老家活得滋润，哪知道我们在北京有多么艰难啊。现在只要是在京同乡一聚会，餐桌上的话题就少不了生活压力和回乡发展。你们都看着北京好，却不知道在北京有尊严地生活有多难。北京是一线大城市，大家都跑到那里寻找机会，任何一个角落都竞争激烈。你想有尊严地工作，但老板能答应吗，你不想做马上就可以走人，然后就会有一大群人来填补你的岗位。”

有同学说：“北京再苦我也想去，只是在这边有家有业，迈不开腿了，不然我也跟你一起回去。”

李和平说：“这就是饱汉子不知饿汉子饥，我在北京的收入可能比你们高点，可北京的消费也高啊，孩子要上学，这个费那个费的，每月的房贷还有三千多块钱呢，不知道有多难。”

看李和平说得眼睛都发红了，一个同学就打圆场，说：“是啊，大城市的节奏太快，生活成本太高，压力也太大了。你们俩人在那里打拼确实不易，哪像在老家，要是想办个什么事，或者遇到点什么问题，只需一声招呼，就会有亲戚、同学、朋友跑过来帮忙。”

可算听到安慰的声音了，李和平夫妻的眼泪都掉下来了。

可安慰并非理解，更不是支持，另一个同学说：“回来还是不如在北京发展好，现在我们这里也越来越向一线大城市靠拢了，大城市的便利这里没有，毛病倒是学得很快，城市人口越来越多，交通也越来越拥挤，现在这不到30万人的小城堵车也特别厉害。而且空气质量越来越差，严重污染的天数特别多。如果你哭着喊着非得回老家，我们谁都劝不住你，但你得有一个思想准备，或许你回来后，这边也准备好了一大堆不少于北京的问题等着你哩。”

李和平何尝不知道这些情况，他自嘲地说：“唉，看来这家乡早就不属于我了，好像已经没有回头的余地啦。”

其实，在李和平的思想深处，还有一个说不出口的顾虑。那就是在家乡发展的同学们，好多都成了当地社会像模像样的人物，都成了中间力量。同学中有的从政，有的经商，在各个阶层中都能找到发展状态比较好的。因此，要是回去的话，面子和尊严就是首先需要跨过去的一道坎。

就算不考虑面子问题，只考虑职业发展，那也是一个问题。

在职场，都讲究一个状态，如果处在一种良性的惯性发展状态中，就可以顺风扯旗，就算你稍有松懈，也会由着惯性向前冲着。

可是回到老家重新发展，就等于硬生生地把自己目前的职场惯性给刹住，然后再选择一个方向重新启动，这不就是在浪费人生效率嘛。就同开车一样，如何跑得快还省油，不用说，谁都清楚。

同学聚会后，李丽的回乡热情就先冷了下来。而李和平也很清楚，他不只要面对职业断层，还有一个孩子就学问题，他特别羡慕北京的孩子能够有很好的受教育环境，长大后有很好的发展环境。自己在生活和工作上受点委屈没关系，可是让孩子也回到老家，他很不甘心。

后来，李和平说："老婆，要是真的回家，我其实没有勇气。这次回来考察，我看只是求个心理安慰而已，或者是告诉自己，退路是不存在的。"

李丽说："我虽然总说回老家，可其实从来就没真想回来，只不过发发牢骚。过不上好日子就熬着吧，把孩子熬大也许就好了，那时咱们就可以回来了。"

既然不甘心，也没有勇气回老家发展，李和平夫妇就决定安心在北京这个大都市里坚持做"北京梦"，就算不能拼出个好前途，也得硬着头皮"煎熬"下去。

【内心独白】

李和平说

专家的心理疏导几乎没有什么作用，人家苦口婆心说了半天，老婆一嗓子吼叫就给抵消了，一下子就把我拉回到现实的烦恼里。

想离开北京回老家发展，又没有勇气，因为退路并不存在。回到老家重新创业太难了，而孩子也得重新适应新的学习环境，自己受点委屈没什么，可让孩子失去更好的教育机会，我实在不甘心。

上帝还让你活着，就肯定有他的安排，还是在北京继续拼下去吧，以后一定要现实一些，踏踏实实地做“北京梦”，一定要硬着头皮熬下去。

张文化说

每个京漂都得承受巨大的压力，生活在北京的每个人，都在顶着压力活着，都揣着一肚子委屈。别再抱怨了，还是踏实点吧，好生活不是抱怨来的。

大家都痛苦，有的人一脸阳光，只是痛在心里不说罢了。

【画外音】

李和平对工作和家庭生活都寄予厚望，而这种希望，既是动力又是累赘和包袱，这也是他越想安居乐业就越困窘的原因之一。

有很多问题是李和平这个年纪的京漂必须面对，却又无法解决的。他们一直都很想脚踏实地，但是不行，他们必须得漂着，因为他们没有户籍，这是漂着活与踏实地活之间的最大区别。

有当地户籍的年轻人，若是没有解决事业和家庭问题，在收入不多的情况下，也需要想法稳定下来。这些人也是在漂，不过没有户籍上的压力，身边还会有亲友的帮助，漂得就相对容易一些。

户籍有那么重要吗？当然有，而且不少问题还都集中在户口本上。若有了本地户口，就少了很多困难，比如经济适用房、就医、子女就学等。

在户籍之外，漂的更是一种心态。其实古往今来多少代人，一直都在重复着一个道理，那就是心态相当重要，多少人因为看不到自己的未来，一生中愁肠百转，也许活到最后才明白，但是已经没有时间了，只能用所余不多的时间来忏悔，当初怎么就可以为了鸡毛蒜皮的小事，耽误了大事。

从某种角度说，为人处世实在不是一门艺术，最多只能算一种本能。

很多时候都是本能在引导着我们做这个，做那个，而不是很轻松、很艺术化地做事，这就是死脑筋做人和轻松做人之间的差别。

不管李和平等人情愿不情愿，都已经来到了这个大都市，虽然在职场和生活中如此艰难，但也得坚持。自我心理调节应该是一个不错的方法，对于京漂来说，掌握这种方法是很有价值的。在做心理暗示时，要注意这样几点。

一是自我暗示可以不出声，在心里默念，也可自言自语，把提示自己的话说出来，甚至可以选择一个不影响他人的地方，大声对自己喊出来。此外，也可以把对自己有提示和警醒作用的话语，写在小纸条上，贴在墙上和床头，或是压在玻璃板下，随时能够看到。还可以写在日记本中，时常提醒和鼓励自己。

二是在暗示的过程中，尽量运用心理想象。当然，这种想象只可以是合理想象，不能想那些起不到正面作用的事情。比如正为生活困难而发愁时，想象自己是一个富有的人，开着最好的车，到全世界去旅游，购买最昂贵的奢侈品。这样的想象是很美好，但能起到什么样的好作用？能激励上进心？肯定不会，只能在想象结束以后更加沮丧。

想象要合理，要着边际。比如在烦躁的时候，可以想象自己置身于一个安静的小海岛上，整个岛子上只有你一个人，你躺在树荫下，听着海浪声音，心里越来越清爽、安宁。这样，心情就会慢慢放松下来，等稍稍安静后，就可以回到现实中，整理一下相关问题的思路。

三是要用积极的内容，把自己引导到正确方向上。也就是说，需要选择合适的自我暗示内容。选择什么样的暗示内容，就会产生什么样的效果，想要缓解心理压力，就应该选择那些积极向上的健康内容，不然就会适得其反，如同“杯弓蛇影”一样，更麻烦了。

四是不管说什么和想什么，首先要做到专注，不能信口乱喊，也不能胡思乱想。

比如在心情纷乱的时候，可能想去没人的地方，大声喊叫，这是可以的，但胡乱喊一通效率并不高，如果想要让自己的身心松弛下来，就应该有所针对，不要越想越乱，越说越烦，那就不是自我解压，而是自我添乱了。

五是要正确看待这种解压法。其实，自我心理暗示并不奇妙，也不新鲜，我们平时都在用，而且用得还很频繁。只不过大多数人只是用了一下就放弃了，所以就没起到作用，而有的人能够坚持而已。比如大家都知道“怒不可兴兵”的道理，在愤怒的时候不要作出决定。有的人就能在发脾气的时候在心里提示自己，先不要做什么，安静一下，过一会再说。可有的人却没有坚持下去，没有理清头绪，头脑一堆乱麻的时候，就草率地作出了决定。这并不能怪自我心理暗示没有起到作用，而是他没有做。

中篇

10. 真诚和机遇

【画外音】

在职场里，真诚这类东西基本上都停留在理论上。老板和培训师们总是大讲真诚、团结，说完后，他们就蝇营狗苟去了。

但我们在职场里却又离不开真诚。

每个人都期待成功来敲门，甚至希望在某一时刻成功破门而入，让你由一个人人笑骂的破落户，一下子就变成成功人士。所以，就特别在意机遇这类东西，有时太看重机遇，就顾不上真诚了。

很快，半年时间就过去了。

张文化问吕民族，这么长时间了，我在公司里一直都很稳定，也没有什么人对我不利，上次找您请教的那事应该就没问题了吧？

吕民族说不一定，一种可能是，你表现得特别老实、勤恳，对人对事从来都很周到，公司里潜在的对手没有抓住你的明显错处，没有办法大作文章。另一种可能是，你的对手放弃了。还有一种可能是，那对手根本就不存在，你当初神经过敏了。到底是哪种，却很难说。

张文化更佩服吕民族，他看着吕民族的慈祥神情，更觉得能有这样一位为自己指引人生的宽厚长者真是福分。

不过，当张文化把他对吕民族的感激说给李和平时，李和平却不以为然，只说了句路遥知马力，日久见人心。

这句话让张文化摸不到头脑，不知李和平是在夸吕，还是在贬吕，反正怪怪的。但张文化却没有再问吕民族的事情，因为他此时还有一件更要紧的事情想请教李和平。

在昨天，室长老周非常郑重地交给张文化一项任务，要他在最短的时间里，马上搞好一个青春励志图书选题的策划，这本书要写的是当前一个女性网络红人的成功故事。

张文化经常泡网络，当然知道这个所谓的网络红人并没有什么像样的成就。她的知名度之所以很高，只是在网络推手的策划下，靠着说一些很雷人的话语，以出丑来博得网络骂名，从而红起来。

这样一个形象，如何吹捧呢，难道要夸她的丑行，让年轻人都以她为榜样吗？

室长说，这个选题是董事长点名让你做的，他说我们图书部这些人里只有你能做好，让你像做《白领的战场》一样做这本书。

张文化实在无法下手，怎么才能把这样一个作为网络红人的丑女，树立成青春励志榜样呢？

李和平说这太难了，要是一定做的话，恐怕只有一个角度，那就是突出主人公的胆量和认准了目标就坚持下去的做事风格。可即使这样，把一个争议人物树立为青春励志榜样，也是不合适的。这事假如请我来策划，我是坚决不做的，这种各领风骚一两天的人物，也许你的书还没写好，她就变成另外模样，或是湮没在网络浪潮里，无人关注了。

张文化在李和平那里没有获得明确的建议，回到住处，一晚上也没睡踏实，翻来覆去地折腾了一晚上，还是没想出合适的应对办法。

他很不理解，公司怎么会决定做这么一本书，就算石建设是个浪荡公子，不懂业务，胡乱指挥，可图书部主任老武和室长老周都是在出版圈里混了几十年的人了，尤其老武都快成精了，怎么也看不出来问题所在？

原来，二老板石建设听从朋友的建议，特意请来那位网络红人，作为形象代言人，为公司推广一款新上市的大型网络游戏。可是，这个名人营销的效果却适得其反，一通广告宣传过后，换来的却是玩家在网络上的一片骂声，甚至有玩家为了这种“脑残”的宣传代言行为而抵制这款新游戏。

石红旗得知此情况后，把石建设叫去训斥了一通，让他把传媒公司管理好就行了，网游科技公司的事情以后少插手。

石建设并没有听老大的话，他一心想从自己挖的大坑里跳出来——扭转新上市网游面临的不利局面。这时又有狐朋狗友来献计了，说那位女性网络红人的形象不好是导致营销失败的主要原因，为此我们可以出一本书，替她宣传，突出体现她的正面意义。如果她的网络形象被调整过来了，对我们的游戏产品就会产生正面促进作用。

这位二老板也真够二的，如此馊的主意，他竟然眉开眼笑地采用了。他还说，这书可以让张文化策划，别看这小子不是正规科班出身，但总有歪点子出奇制胜，一定能做好。

石建设马上就把武友谊叫去，让他安排张文化动手策划。对于这种没有任何道理的指令，老武当然表示反对。但石建设一贯独断专行，虽然老武是为石家兄弟打天下的老员工，也从不被放到眼里，只是说：“你安排张文化去策划就是了，别的事情用不着你操心。”

张文化一遇到烦恼的事，就容易失眠，整晚都睡不好。早晨刚刚上班，石建设就打电话找他，上来就问:“陈迎宾辞职以后，同你有过联系没有？”

张文化说：“好久没联系了，陈迎宾的手机号码半年以前就换了，一直联系不上，您找他有事？”

“只是随便问一下，你现在马上到我这里来，参加个会议，快点。”

张文化赶到会议室时，石家兄弟和公司众高层都已经在坐了，而坐在后排的其他人员，基本都是由大老板亲自主管的网游科技公司的，传媒公司这边只有老武和张文化。

这是什么会议，为什么要让自己也参加，张文化一头雾水，进门就在后面找个座位坐下。武友谊看到他来了，就示意他到身旁坐下。

张文化更是狐疑，在椭圆会议桌旁职位最低的也是部门经理，自己怎么可以坐呢。老武小声说："董事长安排的。既来之，则安之。"

大老板石红旗还是那懒散样子，蜷在座椅里，好像没长骨头。陆续有人进来同他打招呼，问"石先生好"，他最多也只是扬下巴，或眨下眼睛。

在公司里，大家都习惯称石红旗为石先生，称石建设为石总。

会议开始了，石建设说今天要讨论的是公司新网游上市的事。新游戏上市一段时间的效果并不好，还遭到一些玩家的公开抵制，这好像是有人故意安排的，可能是竞争对手的不正当商业竞争行为。现在事情的焦点就集中在，对我们游戏形象代言人的诋毁，通过这种行为来攻击游戏。

石建设一说完，马上就有人附和，说同意石总的看法，肯定是网游同行鼓动的网络水军给我们抹黑。现在我们应该找出对手，然后有针对性地反击。不马上采取行动的话，就会对公司正在运营的几款主力游戏造成冲击，甚至可能动摇我们网络游戏公司的根本。

整个会议室一通鼓噪，但石红旗却一直不表态，既不说话，也没有表情，只是两眼无神地看着桌面。

大家你一声我一句，说了半天，却不见大老板有什么反应，就都不说话了，因为都猜不透大老板此时想听什么，不敢轻易发表见解。

石建设见冷场了，就看了看武友谊。

老武自然很精明，他知道石建设的想法，就清了清嗓子，说："石总安排我们图书部，配合网游科技公司进行营销宣传，相关的策划正在进行中。”有老武帮助圆场，石建设就轻松一些，但石红旗仍没有什么反应。

老武说：“现在，石总安排策划了一部宣传代言人青春励志形象的书。我是这样理解的，这款网络游戏中，有很多传统文化因素，如孔子、诗经等，可真正的文化人是不屑为网络游戏代言的，所以石总才确定让网络红人出面代言，目的是为了提高人气，这也是一个可取的思路。”

老武的发言前言不搭后语，似是而非。张文化更不明白了，平时他给大家开会时，从来都是思路清晰，套路明确，今天却好似心不在焉，变了一个人似的。

不管怎样，石建设还是从老武的话里得到了一定的支持，他点了点头，可石红旗却还是眼神呆呆的。

别人见大老板没反应，还是不敢发表进一步的见解，场面更冷了。

石建设挺不自在，又看了一下老武，可老武已经没法再说什么了。他又看了一下张文化，说：“现在这本书已经在动手策划了，就让项目负责人小张说说吧，他在这方面很有经验，几个月前那本《白领的战场》就是他策划的。”

听到二老板点了自己的名，张文化只觉得全身一下子就出了一层汗。他坐在那个本不属于自己的位置上，本来就紧张得要命，更何况一点准备都没有。

张文化不由自主地站起来，竟然感觉腿在抖，且无法控制。

“我想，有公司高层的支持，出这样一本书还是比较好办的。”他语无伦次，不知道说什么好，甚至能感觉自己发出的声音也是抖动的。

有几个人抿着嘴角，憋着笑，还有些人干脆就低下头，看来是忍不住严肃的神情了。有些人在小声交流，乱哄哄的。

大老板还是没表情，呆呆地盯着天花板。

张文化感觉脑门和鼻尖都浸出了汗，他抹了一下，接着说："不过，要是换个形象代言人就好了。我昨天接到任务后，上网查了一下资料，网民普遍认为这就是一个'虚荣傻妞'，这样一个人代言我们这样一个大公司的产品，是不合适的。让她穿着古代武士的铠甲，拿着刀剑，看上去特别弱智，也难怪玩家要抵制这款游戏了。"

说到这里，他感觉大老板的眼神挪到了自己身上，而身后那些乱哄哄的声音一下子就安静了下来。

这时不知怎的，张文化竟一下子安定下来，说话也不结巴了，腿也不抖了。

"我们这款游戏遭到好多玩家的戏弄，他们还编造了一些笑话。有人说，我们会在游戏中拍卖孔子的头巾，一万个元宝一条，这头巾魔法攻击力和防御力是最高的；有人说，游戏里的终极大怪物是赵高，在孟子的帮助下才能击倒他。可是，这些胡搞并不能怪玩家，要怪就怪我们自己，找了这样一个负面红人代言，而且还要为她写书，吹捧她是青春励志偶像，这不是糟蹋我们的产品和企业形象嘛。这个'傻妞'最突出的就是胆量，是不怕露丑的胆量，可是她能这么玩，我们这样一个在业内举足轻重的大公司，却无论如何也不应该陪着她玩，我们玩不起！"

他说完，就坐下了，低着头谁也不看。因为他说到一半时，就知道自己闯祸了，彻底得罪了二老板。

但没办法，既被二老板给叫起来了，就不能不说，就算过了眼前这关，回去还是要策划那本该死的书，最后注定要失败，还是要承担责任。反正里外不是人，不如干脆把话给挑明了，早晚都得挨刀，不如现在痛快。

此时会议室里没有一点声音，大家都在等着下一个戏份。

石建设的眼睛瞪圆了，显然他很生气，他没想到，这个计划中用来改善不利局面的小卒子，竟然反水了，敢向回拱。

石建设刚要发难，石红旗却先说话了，说话的时候眼睛还是盯着桌面，声音很轻，像从嘴里缓缓飘出来一样："好在这款新网游还处在内部测试阶段，就先停一下吧，以后怎么安排等研究妥当了再说。老二以后也不要再插手网游科技公司的事情了，你把传媒公司那边做好就可以了。"

说到这，他瞟了一眼张文化，问："那个谁——你叫啥？"

张文化还傻坐在那里，没反应过来，仍觉得心在狂跳，嗓子很干。

武友谊赶忙替张文化回答了。

石红旗说："调张文化去做老二的助理。"然后就起身走了。

看老大走了，石建设就没好气地说："散了吧！"然后也走了，其他人则跟着鱼贯而出。

武友谊满脸是笑，拍着张文化的后背说："老弟啊，恭喜你了，你一步就登天了。"

张文化却内心惶惶，丝毫感觉不到喜悦。

这时，公司行政经理跑了回来，他先是拱手给张文化道喜，再夸老武强将手下无弱兵，又热情地拉着张文化的手，说马上去办手续，安排办公室。

【内心独白】

张文化说

二老板真是够二的，石红旗有这么一个兄弟真是太可惜了。只是为难了我们这些员工，明知道有问题，明知道不应该做，却在石建设的威逼下，不得不说违心的话，做不应该做的事情。

可是，石建设手下的那些高管能做，我却不甘心做，说违心的话不自在。

石建设说

新游戏上市后效果不好，遭到玩家的公开抵制，这并不是我的工作失误。那是竞争对手故意作对，是不正当商业竞争，是通过对游戏形象代言人的诋毁，来攻击我们公司，怎么能把问题归结到我的身上呢？我又不是白痴，不能把脏水都泼到我的身上。

张文化这货也太二了，整个公司都是我们兄弟的，你怎么能在公开场合让我下不来台，这不是缺心眼吗？总有一天我会收拾你，现在老大想利用你，我就先让你舒服几天。

武友谊说

石老二就是一个白痴，那个网络红人只是在网络推手的策划下，靠着说一些很雷人的话语，以出丑来博得网络骂名，从而红起来。这样一个形象，如何吹捧呢，这不是害公司吗？

这个浪荡公子，真是乱点鸳鸯谱。这样下去，石老大辛苦打下的基业不被挥霍掉才怪！

石红旗说

老二这些天确实折腾得过分了，可通过他这么一折腾，倒还真检验出了张文化的能力，看来我当初的眼光是对的，这的确是个人才。只是说话太直接了，以后少不了吃亏啊。

【画外音】

石红旗之所以提拔张文化，还是看到了张文化的率真。

由于张文化实话实说，获得了大老板的进一步好感。可你总能实话实说吗，等看多了世事，谁都要变得圆滑，那时石红旗还会器重你吗？

石红旗想通过强调对张文化的认可，来影响其他员工，让大家都真诚地投入到工作中。其实，直言直语是一种非常可爱，又非常值得珍惜的品质，因为直言直语的人是非分明，与这种人相处，你不必浪费太多的心思。

可是张文化这样说话办事，也有致命的弱点。

一方面，凡是爱直言直语的人，在说话办事的时候，总是习惯于把想法停留在自己这一角度，首先考虑的就是这话我不吐不快，所以就一定要说出去，这就很少关心他人的感受，如果没有刺激到他人还好，若是言语过于偏激，并且刺激到了他人，给他人造成了不快，就会形成心结，将来人家有了合适的机会，就有发作的可能。

很多人际关系障碍就是这样出现的，而且往往当事人已经得罪了他人，却不自知，若受到了反制，还会很委屈。

另一方面，像张文化这样直言直语的人，很多情况下都是出于正义，自认为是在说实话，说好话，是为了他人或公共利益才这么说的，因为无私无畏，言语的爆发力和杀伤力也是非常强的，可是这样做的效果却不一定好。你认为所说出的话直接反映了实际情况，说出了问题的实质，但不少听众却只听到了你话中的“刺”，至于其他你认为主要的内容却被选择性地忽视掉了。人都是这样，最为关心的就是最能刺激自己的那些内容。

所以直来直去的言语，不一定会产生预期中的作用。

再者，直言直语的人也很容易成为他人所利用的对象。在职场上，这种人经常在不知不觉中被利用，或是揭发他人，或是攻击他人。这样的事情并不少，为什么直言直语的年轻人经常受伤害，职场之路为什么很艰苦，为什么那些善于暗中操作，在背后鼓动他人的人，往往可以坐享其成，这就是一个重要的原因。

张文化直来直去的性格是得到了石红旗的认可，并且获得了提升。可是，在都市丛林中，直言直语这把既伤人又伤己的双面利刃，为你开出一条通路时，很可能会先伤害到你自己。

应该说张文化已经很幸运了，在这样一个家族企业里，得到了大家长石红旗的认可，就可以暂时无忧，问题就会被掩藏起来。但若以后工作上出现了问题，直言直语伤人的后果就会显现出来。

所以应该尽量不直言他人的不当，想要纠正他人的弱点是一件需要非常慎重的事情，一定要想好了再说。就算是爱之深，责之切，也有可能被理解成故意和他过不去。

在这一点上李和平就做得不错，他很关心张文化，想帮助张文化尽快成熟起来，张文化的事业发展起来，对李和平自己也有好处。但他对张文化的帮助是有节制的，应该说的话就说，张文化可能不理解的话就先不说，免得好心得不到好报。

另外，从效果上说，也尽量不要直言直语。每个人的内心都有一个壳体，会把自我隐藏在这个壳里，你用直来直去的言语，把人家的壳打破，把人家的内心从里面粗暴地揪了出来，谁都不会高兴。所以应该说的逆耳话就要迂回地讲，能不讲的话就不要讲了，一定要讲也要点到为止，不能过分。

11. 幸运是个不太确定的东西

【画外音】

幸运，这东西你能指望吗，你能确认幸福与自己的距离吗？

不能，说与幸福相伴的，那是“文艺青年”。噢，抱歉，又糟蹋“文艺青年”了。但幸福确实是个很不能确定的东西，我们确实不能像电视剧里演得那样，老板、员工、客户和路人都那么“文艺化”。

在城市里漂泊的年轻人，大概是这个世界上最忙的人了，而其中最重要的，就是忙于职场人际关系的平衡。在人际关系中消耗了时间，消耗了能量，腐蚀了创造力。然后，盼望幸运的降临。

可幸运这东西却是不可期待的，与其盼望幸运，不如用那时间去测测智商。

张文化在新办公室刚刚坐定，武友谊就来了，一进门先是恭喜，然后拉着张文化的手，小声说：“你原来只是普通职员，不知道公司上层情况，也不清楚怎样伺候老板，可要小心啊。你现在是一步登天，可别宝座没捂热，就掉下去噢。”

张文化很不习惯来自老上级的关心，他现在觉得自己像极了相声“连升三级”里的张好古，误打误撞，却获得了魏忠贤的关照。不同的是，张好古可以依然故我，莽撞到底，好运连连。但张文化却还不清楚下一步应该怎么办，就问老武：“那我应该怎么办好？”

老武笑了，笑得很慈祥，说没关系，有我在呢。然后就板起脸，贴近张文化的耳朵，小声说：“问题是，以后你要伺候的顶头上司，就是在会议上发言顶撞的人。可也正是因为你的莽撞，才得到了这个位置。这个关系你可要搞清楚才好，别糊里糊涂的。另外，公司里的水深着呢，上层的人际关系也非常复杂。”

张文化紧张且疑惑地看着老武，老武的样子更是慈祥，说：“不用怕，有我呢，你一进公司就在我的手下，我还能不帮你吗？其实这二老板就是个性情中人，我帮你把话说开就好了。我同他的关系很好，老大创业的时候我就在公司了，那时二老板还在上学，天天都是我负责接送呢。有我这层关系，你还怕什么。"

老武的话说得张文化心里热乎乎的。

张文化送走老武，一个人在屋中暗自庆幸，自己真是有福，这半年多的时间里一直遇到好人，先有李和平，后遇吕民族、赵河北，现在是石红旗和武友谊，这都是自己人生中的大贵人啊。

武友谊从张文化处出来，就进了石建设的办公室，石建设一看到他就骂："瞧你调教出来的这小子，我给他一个机会，他反倒回头将了我一军。老大不仅不让我管网游科技公司的事了，还把那小子派来看着我！"

武友谊说："这事其实怪不得老大，也怨不得张文化。你想啊，网络游戏是咱们的主力项目，如果受到了冲击，就会出大问题，所以老大这样安排是最正确的。你也没有必要同张文化较劲，他不过是给咱们打工的，老大看他干劲足，就调过来帮助你，他越是卖力，对公司就越好，更何况老大的眼光不会错的。这个时候，你可不要为难张文化，不然老大又要生气了，要是因为这个惹恼了老大，再像今天一样削你职权，可就不好了。"

武友谊虽然百般梳理，可石建设还是心气难平。正这时，他的手机响了，一看来电号码，就对武友谊说："行了，你去吧。"

看老武出门走远，石建设才接了电话。

这是陈迎宾打过来的，按约定，每个月陈迎宾都要向石建设汇报一次工作。

当初陈迎宾到了上海，去石建设指定的网络游戏公司求职，随即就被录用了。一开始被安排在客服部门，做网络在线服务，工作内容就是接待游戏玩家的在线提问，沟通和协调公司的其他部门，为玩家及时解决在玩游戏过程中遇到的各种各样问题。

玩网络游戏的人都知道，游戏时遇到各种麻烦事简直太平常了，可能你很重要的游戏道具无端地消失，可能你的账号被盗走，可能你用钱买来的游戏货币被偷走，可能有的玩家利用非法辅助软件打乱游戏平衡，欺负其他玩家，可能游戏运营公司内部人员做手脚破坏游戏环境。因此每天都有大量的玩家向公司投诉，甚至凌晨也有玩家通过网络和电话反映问题。

相当多的玩家都有过和客服人员打交道的经历，却没有多少满意的，因为网络游戏运营公司的客服人员的基本功之一，就是用言语编织一张缓冲网，让玩家碰软钉子，最后没办法了，只好放弃各种要求。当然，在游戏中进行大量消费的大款玩家除外，那可是公司重点维护的对像。

陈迎宾进入公司的最初几个月，表现得非常认真，他的手中总是拿着一个小册子，其上印有各处说辞，诸如“您的问题我们会认真处理的”，“您的问题我已经转给技术部门了，请您耐心等待，不久就会有结果哦”，“这是游戏的一部分，请不要着急，需要您在游戏中慢慢摸索哦”，“您的烦恼就是我们的工作动力哦”，他都背得很娴熟。

这都是用来应对玩家提问的，尤其是对于一些带有情绪的玩家，这些说辞就是起缓冲作用的工具，随时都能派上用场。

陈迎宾的同事都是同他差不多大的年轻人，主管在时，整个客服部就只能听到一片敲击键盘的声音，10来个人的大工作间，没有一个人聊天。可是主管一走，大家就说笑声四起。

陈迎宾本来就是个爱热闹的人，所以没过两天，就同大家说成一片了。

他刚刚到公司的那一段时间，同事们经常聊的是工资待遇方面的事，议论较多的是工资低，正酝酿着找管理层提加薪要求。

可是，当大家都提出要求时，陈迎宾却躲在一边。有的同事拉他去找主管，说你不提要求，管理层怎么会主动给你加薪呢，工作为了什么，不就是为了多赚些钱嘛，他们要是不给提工资，我们都打算辞职呢。这个时候，你可不能太厚道了。

而陈迎宾却作出一副胆怯的样子，说怕主管拒绝，没面子。同事看他那样，说也不知道你是傻还是精。

陈迎宾心里有数，他怎么能参与这事呢，薪水多少他根本就不在乎。他也瞧不起那些同事，一些人同他一样新入公司不久，就跟着老员工起哄。要是不满意现在的工作，你要么辞职不干，要么就闭嘴不言。刚刚进入公司的人，眼高手低，心高气傲，大事做不了，小事不愿做，太浮躁，注定没出息。

在陈迎宾印象中，重拍《红楼梦》电视剧时，报纸上说一位比较有影响的学者讲，当下社会太浮躁了，所以不适合重拍《红楼梦》，这样的环境中拍不出好东西来。陈迎宾就对张文化说，问题是什么时候不浮躁呢，《红楼梦》里不也全都是乱七八糟的浮躁事情嘛。

是啊，不是这个时代比其他时代更浮躁，强调只有当前浮躁的，一种可能是没有条件品味到成功之后的从容，另一种可能是有钱人吃饱了撑的，站着讲话不腰疼。不过，我们仍然可以说因为社会太浮躁，所以这是一个很差劲的时代。

说不清楚是浮躁的社会把人给熏得浮躁了，还是浮躁的人把社会给变浮躁了，但可以肯定的是，有人可以浮躁，有人却不能浮躁。

明星可以浮躁，因为浮躁起来的明星更受欢迎。富二代可以浮躁，因为他们有浮躁的资本。可普通人却不能浮躁，因为玩不起浮躁。

本来你活得就够难的了，当机会摆在你面前时却不珍惜，这就是城漂一族的浮躁。所以陈迎宾根本就不屑和他周围这些同事玩。这些人太浮躁，给你涨个几十块钱又能怎么样？

过了三个月，部门经理就把陈迎宾叫到办公室，说他做得不错，表现突出，任劳任怨，提升他做游戏论坛主管。

陈迎宾不由得心生感慨，在北京最忙的时候，连专职带兼职，同时打三份工，可任凭怎么努力，生活也不见好转，也无法获得上司的青睐。但在这里，不由自主地就进步了，不知不觉中就升职了。当无欲无求，只想埋头干活的时候，好运却来了。

他记起老人曾说过，去庙中拜佛时只应该虔诚地祝愿，不要胡乱祈求这个祈求那个，现在想来确有道理。

可是，升职与否他也不在意，他原本就没打算在上海这家公司长期发展。

网上游戏论坛是玩家交流心得和发泄情绪的地方，公司有自办的官方论坛，其他网站也有相关论坛。陈迎宾的工作就是带着几个手下，在几家与本公司游戏相关的论坛上搞宣传和调研，通过发帖来介绍公司运营游戏的动态，通过看帖来研究玩家的情况，还要引导和刺激玩家在游戏中消费，激励玩家的热情。

陈迎宾这个角色，在业内被叫做“托”，他不只在游戏论坛中做托，还要直接到游戏中做另一种“托”，就是以玩家的身份，直接参与游戏，烘托气氛，促进玩家之间的对抗和竞争，达到增加玩家在游戏中消费的效果。

给石建设打电话时，陈迎宾很兴奋，说他最近在上海那家公司里很受重视，因为他给上级谏言献策，并得到了采纳。

石建设问他献出了什么策略。

陈迎宾说他提了一个建议，把那家公司运营的一款主力网络游戏客户端的图标，做成可以由玩家自行调整，变成想要的任意图形，同时还可以隐藏。把游戏内挂程序，也做成仿照Word式样。这样一来，就可以让玩家在工作时玩，而不易被老板发现。玩家上班时可以很方便地玩游戏，玩的人就多了。

石建设说跟你强调过好多次了，你只能多看多听，不能有主动性的行为。你怎么可以擅自行动，不想要报酬啦？再说了，有这么好的建议，为什么不告诉我，反而让人家做？

陈迎宾说，其实这并不是个好主意，这样做需要背负很重的道德压力。我的建议刚刚被采用，游戏一改版就有玩家骂，说公司越来越缺少商业道德了。我想，您可以再推动一下，动员网络舆论，说他们这样做是为了商业利益不惜损坏公德。

见陈迎宾这样表现，石建设既满意又担心，满意的是他打出的这张牌取得了意想之外的效果，担心的是陈迎宾可能会变得难以控制。

陈迎宾说，还给上海公司提出了一个建议，就是在网络游戏中，玩家要是连续在线两小时以上，就给予奖励。这个建议也被采纳了，在线的玩家一下子就多了起来，公司高层特别高兴，说这个建议非常有价值，是“一字千金”。

石建设说，那你这样建议又是为了什么？

电话那边，陈迎宾很得意，说现在各个网游公司都在拼命地抢玩家，但玩家就是那么多，要抢就得拿出新手段，从竞争对手那里拉玩家，还要确保自己的老玩家别被对手抢走。为此公司想了好多手段，可只有我这个办法最有效。

但是，我提出这个建议的出发点还是为了石总您。因为玩家要保证连续在线两个小时以上，就不能去打怪物，也不能去进行对战，如果去参与打怪和打架，就有可能被杀死而下线。所以，现在虽然同时在线的玩家人数多了，在游戏中的消费却因为不参加活动而慢慢减少了。

听陈迎宾的解释，石建设的心里更是嘀咕，愈加担心难以控制，于是就很严厉地说："以后不要再擅自行动了，千万别因为耍小聪明出现什么差错，再有三个月可就一年了，小心点吧。"

石红旗听了石建设的汇报，觉得这陈迎宾有些不可靠，这样下去甚至有弄巧成拙的可能，他说："看来你又走眼了，当初你自作主张派陈迎宾去上海，就是在耍小聪明，现在问题出来了吧？你就是没城府，都30多岁的人了，还做事不着边际，不让我放心。把武友谊安排给你，就是让你跟他学着沉稳点，可是一点长进也看不出来。这回给你安排一个更年轻的助手张文化，多看看人家的作事风格，学学人家为人处世的态度。"

【内心独白】

陈迎宾说

当你想要的时候他不来，当你不在乎的时候他却一门心思地钻到你怀中，他就是幸运。幸运就是一个坏孩子，总是想同你开玩笑。

我在北京奋斗的时候，怎么努力都没用，在生活上女友混没了，在工作上得不到上司的青睐。

可是在上海这里，当我不想进步的时候却进步了，当我不想升职的时候却升职了。

我最看不起身边这些货，尤其是那些同我一起进公司的新人，被老员工一忽悠，就头脑发热，跟着人家起哄，要求加工资。你一个新人，还没做什么贡献，跟着起什么哄？眼高手低、心高气傲的一群傻东西。

而石建设这货更是缺心眼，你以为控制住了我，我就会像一个木偶一样任你摆布，可能吗？等着看吧，你怎么会是我的对手？

张文化说

幸运真是个不太确定的东西，我明明惹了祸，顶撞了二老板，却更得到大老板的好感。但这也应验了一句话，伴君如伴虎，在公司里，老板就是君，做员工的很难猜透老板在想什么。

可是，整天都要工作在二老板石建设的身边，这也太难受了，这家伙本来就看我不顺眼啊。

武友谊说

张文化就是一个想法简单的孩子，他处理不好人际关系，所以对石老二有些惧怕，其实老二也是一个很简单的人，只要把他给哄高兴了，什么都好办。

石建设说

现在，陈迎宾的表现证明了我安排他去上海那家公司做卧底的做法是对的，谁说我只是一个败家的富二代，其实有时我比大哥的眼光还犀利呢！不过，让人有些担心的是，陈迎宾这货似乎不太好控制。

【画外音】

升职加薪，这种陈迎宾在北京拼命努力也得不到的东西，在上海却轻易得到了。其实这一点都不奇怪，因为他在上海做事很踏实，不浮躁。石建设就是这样要求的，说到上海多看少说，老老实实，才不会暴露身份。

没想到，这反而成全了陈迎宾，把他变成了一个出色员工。

浮躁是一种情绪，是一种心态。消极悲观、乐观向上都可能浮躁。

浮躁的城市街头游走着浮躁的人，大多数人都是一腔烦躁之火堵在心头，眼中满是躁动不安。

浮躁就是做事缺少恒心，总是见异思迁，不能做到安分守己，一心想着投机取巧。投机取巧本身是没问题的，善于投机就能抓住机会，善于取巧就有高效率，但你要是把这种做法当成人生全部内容，就麻烦了，因为你不可能每次投机都有好结果。

当投机不成时，就会心神不宁，心里面没有底，失去信心。越是急功近利，就越是焦虑不安。处于这样的状态中，结果当然就是情绪取代理智，每次投机行动都具有特别大的盲目性。

好多人都习惯于跟着别人时髦地说："这个时代到底怎么啦？"

时代并没有怎么，还是那样，生活的快节奏虽然裹挟着越来越多的人在潮流中沉浮不定，浮躁的时代里物欲横流。可是，能够安安静静地守住内心的人并不少见，人家总是在踏踏实实地做着自己的事情，有计划，有目标地走着自己的路。

有的人心里装的都是自己的目标和计划，按部就班地走着，他能累吗？有的人内心堵满了各种无法满足的欲望，今天想做这个，明天跟人家学哪个，能不累吗？不累才怪。可要怪你只能怪自己，不能怪社会，不能怪时代。

陈迎宾在京沪两地努力的不同结果，就说明了这个道理，踏实做事才是王道。

对于绝大多数城漂一族而言，不管是当地土著还是外地人，都不得不在城市里蜗居着，不得不为了一家人的生活而在城市街头奔波着，不得不到处追逐机会。

于是，你所在的城市里，目光所及，永远是拥挤和喧嚣，到处是纷扰和污浊，你的眼睛里总是不安，看一看周围的人，也是如此。

所以在职场中，一些人总是还没把刚刚接触到的新事情弄明白，就这山望着那山高了。大家总是嫌自己走得太慢，所以就相互感染着，四处寻找跳槽机会。

找到了新的工作后，浮躁的心还是没法安定下来，因为已经成为一种习惯了，屁股还没坐稳，就又在外界诱惑下，去尝试更加适合自己的机会了，一次又一次浪费时间和精力。年轻的时候是不会觉得这种浪费有多么不必要，等到35岁以后，甚至在40岁后，才明白，自己浪费了多少机会。

那怎样才能不浮躁呢？

在浮躁的时代中保持清醒最好的办法就是失败，没错，就是失败，失败一次两次还是不行的，必须要多摔跟头。

只是失败当然不行，摔跟头之后还要总结，还要反思。如果不懂得反思，那这跟头可能就得一路摔到50岁60岁，甚至一生。

有人说，要淡定就得告别压力过大的城市生活，到大自然里面去放松身心，倾听自己内心的声音。其实，对于克服浮躁来说，这方法基本就是在扯淡，旅游只是旅游，它不会起到改变人生的作用。问题是你总得回来吧，回来后压力又来了，还得与周围人攀比吧，头绪还是那么多吧，不能逃到大自然不回来吧。

浮躁是顽固的，你无法轻易赶跑它，就算你看透了某一件事，在这件事情上比较淡定，也只是一时的清醒，并不代表你同浮躁绝缘了。

在城市里，巨大的生存压力和越来越明显的贫富差距，很容易就会让年轻人失去耐心。因为年轻人总是不能容忍在某一时某一方面的失败，总是想一夜成名或者一夜发财。所以就会越来越浮躁，这是我们这个时代的特色浮躁景观，不是你说改变就能改变的。

在人群中，浮躁心态的传播非常有力，并且可能轻而易举地反客为主，在浮躁心态的攻击下，大多数人只能束手就擒。不是说你想安静就能安静得了的。

你在街头遇到了老同学，他告诉你现在每月挣两万，你能安静吗？你才每月挣三千。回到家中，老婆一阵絮叨，你更心乱如麻了。晚上无法安睡，辗转反侧。为什么会这样，就是由于我们的内心很难自主，多数情况下只能无奈地处任情绪摆布。什么时候情绪玩够了，才走掉，你才能安心。

就是这样，一旦被浮躁控制住，我们就很难再回到原来的心态中了，被浮躁统治以后，这一生的发展效率就会不同程度地下降。工作上难获进展，在生活上，也会失去前进的动力。因为浮躁的心态能决定你的人生态度，决定你的成败。

12. 职场里的贵族和贱民

【画外音】

你把自己当成贱人，那你就贱。

贵和贱，主要体现在精神和心态方面。

其实，所谓的贵贱实在是可有可无。你要不当它是回事，它就连屁都不是，无声无息。你要是把它当回事，就得背负着无尽的烦恼。

到底怎样，完全取决于你自己，取决于你是否有一身够用的老茧。

石红旗这个职场强人，做人做事都很讲究火候和分寸，即使对石建设，他也是松紧有度，这就是成功者的御人之道。我对你施加有效的控制，同时又给你足够的空间，让你在一定的空间里自由施展。

不是所有人都能做老板，不是所有老板都能成功，更不是所有老板都能像石红旗一样出人头地，因为石红旗自有过人之处。普通人若想在职场中混得好，就要好好研究石红旗这类人的行为特点。

他不让石建设参与旗下网络游戏公司的经营，因为网络游戏是公司最为重要的主体业务，石建设这个浪荡公子根本无法驾驭。而且整个网游行业现在正处于一种大变局之中，他怕石建设的莽撞行为坏了事。不过，石红旗并不完全禁止石建设接触网络游戏业务，石建设毕竟是他的亲兄弟，是他最信任的人，让网游公司的管理层时常感受到石建设的存在，通过这种方式给下属施加适当的压力，也是有益的。

上学时，张文化和陈迎宾都特别喜欢打网络游戏，为了玩游戏，二人还一度逃学。俩人一起泡游戏论坛，琢磨游戏技巧，一起去网吧，在游戏中与同"行会"中的玩家"攻城"、打怪物。

现在有机会参与到公司的网络游戏运营中，了解到了更多的内幕，他才体会到自己当初有多傻。作为一个普通玩家，他曾经被游戏运营商设计的一个个小借口，指挥得团团转，不停地给运营商账户中充钱，购买道具，来换取一时的满足。

这天，张文化处理完手头的工作，正收拾文件，准备下班，石建设突然来了，叫他马上通知网络游戏公司的全体中高层开会。

石建设的口气很急，而且有些气急败坏。凭感觉，张文化判断一定是出什么事了。张文化一看到石建设这种急恶交织的样子就头痛，甚至会心里发颤，因为这时你要是稍有怠慢，石建设就会大发脾气。

事情是这样的，一些热门的游戏网站上，这几天陆续出现了一篇很火热的文章，写的是一个女孩子夜间在网吧玩游戏，由于网吧失火而遇难。文章是以女孩男友的身份写的，非常动情，很感人，看了以后很容易激起人们对网络游戏运营商的愤恨。

而女孩子玩的游戏，正是石氏公司所经营的一款主力游戏，名为“征伐世界”。

看到网络游戏公司的管理层都到齐了，石建设就咆哮起来。在公司里，石建设只在意石红旗，对其他任何人他都不会留情面。他意识里，高管和普通员工都在为他们兄弟俩打工，必须要时时加以重压，否则就不尽力工作。

他说，养了你们这群人，还不如养一群猪！这文章都发出来好几天了，整个行业都知道这事情，可咱们公司却一点应对手段都没有，也没有人通知我，要不是有报纸来采访，我还不知道这事情。

虽然石建设大发脾气，可网游公司众高管却坐在那里，像石刻的佛像一样，表情没有任何变化，任石建设一人唱独角戏。

大家对于石建设的咆哮并不在意，因为已经习惯了，石建设总是像贵族对待豢养的家奴一样呵斥员工。而且也不懂业务，只会发脾气，并不会对具体业务上的事情提出解决办法，所以对他说什么都没用。而且，这个浪荡公子在发脾气的时候，最好不要上前，以免引火烧身。

看众高管都泰然自若地端坐在那里，石建设更火了。因为他打出的每一拳，都打在软软的棉花上，有力无处使。

看着这个场面，张文化好生尴尬。别人对于石建设的呵斥可以泰然自若，可张文化却不能，张文化从心底认可石建设这个贵族对自己这个奴隶的支配权。张文化当然清楚，不必把石建设放到这么高的位置上，他只是自己工作上的上级，不必在人格上对其作出任何让步。可只要石建设把凶悍的眼光扫过来，张文化身上的每一块肌肉，就都要立刻紧张起来。

张文化很难理解自己为什么会这样，他曾经问过陈迎宾，陈迎宾说一个字，就是“贱”。石建设非常可恨，他总是把自己想象成为一个贵族，而别人都是贱民。但比石建设更可恨的就是你，是你把自己看得很贱。为什么就不能在他面前挺起胸，干吗就甘心给他做奴隶？

想着陈迎宾说的话，张文化就试着学习身边的人，也正襟危坐，面色平和。别说，还真的有了效果，慢慢的，就不再紧张了。

可是，当石建设一声招呼过来，他却又忙乱了。

石建设把打印了那篇文章的几张纸甩过来，让张文化读给大家。张文化很不情愿，但又没办法，就只好像上学时读课文一样，站起来，念给大家听。

这篇文章的文笔极好，逻辑严密，情节描写得非常细致，让人感觉就是一部短篇小说。作者用第一人称，讲述了一个非常凄婉的故事。

这是一对刚刚毕业不久的大学生，俩人感情非常好，马上就要结婚了。

男孩喜欢玩网络游戏“征伐世界”，当他玩游戏时，女孩就悄悄地偎依在旁边，静静地守着。

后来，女孩也玩上了这游戏，在游戏中建了一个女性角色，每天都同男孩一起上线做任务。游戏中的玩家都知道俩人的关系，非常羡慕地称他们二人是“神雕侠侣”。游戏中同“行会”的朋友们都说，要在他们结婚的时候，从各地赶到婚礼现场，献上祝福。

有一天，男孩上夜班，女孩独自在家里玩游戏。后来停电了，为了把游戏中的任务做完，为男孩赢得一个游戏道具，女孩就离家去网吧继续玩。但不幸的事情发生了，网吧失火，女孩伤重离世。

男孩悔恨不已，恨自己当初不应该玩游戏，要是自己不玩，女孩也不会玩，更不会为了得到他喜欢的游戏道具跑到网吧继续玩，因此失去生命。他发誓，一辈子也不玩游戏了，并且要投入到反网游沉迷的活动中，呼吁玩家从游戏中退出，把更多的时间拿出来陪家人。

最后，文章写到，男孩打开游戏，上了女孩的游戏角色，发现角色是在“铁血之城”“无血”上线的。他知道，那是由于网吧失火时突然断电，游戏角色非正常下线，在游戏系统中还要被“怪物”攻击一会，然后才会完全下线，这就造成代表角色生命力的“血线”被清空。

男孩让游戏角色返回“安全区”，再补满了“血线”，深情地看了一会那角色后，就下线了，然后把游戏客户端程序从电脑中删除。

读完文章后，张文化黯然坐下，他还沉浸在那凄婉的氛围中。

可石建设却丝毫没受文章的感染，他说，你们去网上看看这文章的跟帖吧，满世界都在骂我们，说我们公司害了那女孩，我们是杀人犯！你们说说，应该怎么办吧！

没人说话，谁都不愿意掺和这事，怕说得不合石建设的心思，惹他把火力转移到自己的身上。

见没人配合，石建设就骂，说公司用高薪养了一群废物，只能享受，却不能为公司分忧。

还是没人搭腔，大家坐在那里，一个个神情自若，都很坦然。石建设把眼光挪到张文化身上，既然别人不说话，他只好点张文化的将。

这把张文化吓得不轻，并且他还沉浸在那文章带来的伤感情绪中呢，虽然惶惶然地站了起来，却不知如何开口，茫然无措。

石建设更生气了，就说，散了吧！一群奴性十足的人，看着你们就丧气！然后就摔门走了。

石建设离开后，刚才还静寂的会议室马上开了锅，大家笑着打招呼，再说着闹着溜回各自办公室。张文化没能给石建设帮上忙，觉得很不自在，又感觉自己像一个给地主干活的长工，一年忙到头，把汗都流干了，却还是亏欠人家的，至于为什么欠债却搞不明白。

为什么就不能像别人一样从容呢？他想不明白。

这会议开得无果而终，张文化郁郁寡欢地回到办公室。刚刚坐定，电话却响了，石建设叫他去石红旗的办公室。

原来是大老板出差回来了，一到公司就听说了石建设发飙训骂高管的事，就把石建设叫去，一通斥责。而石建设则像刚才被他骂过的高管一样，满不在乎。

石红旗说，我一再强调不让你过分掺和网游公司那边的业务，因为你玩不转那些事情。现在，整个网游行业马上就要大洗牌了，跑马圈地的野蛮时代就要过去了，以后想要做网游，不照顾到玩家的感受再也不行了，稍稍一疏忽，就有可能万劫不复，这么凶险的事情你凑合什么？

然后，又转过身问张文化，我让你做老二的助理，不是让你当摆设，不能有奴性，一定要敢于直言，要劝阻上司不能在发脾气的时候作出莽撞的事情。否则，要你在那个位置上做什么？

张文化不敢争辩，自己与人家贵贱有别，不能因为大老板这么说，就真的去“敢于直言”。

石红旗问怎样处理那文章的事情，张文化头脑空空，不知道如何回复。

石建设说，哥你就别问他了，一个下层员工知道什么，你都吓着他了。

听了石建设的嘲弄，张文化血往上涌，满面通红。怎么能这样，自己又不是做了错事的家丁，立在主人面前等待发落。他就壮着胆说，我以前上学时，也爱玩咱们公司的游戏，并且也和那些玩家一样，在论坛上骂过公司，因为公司运营的游戏太过分圈钱了，惹了众怒。这篇文章明显是专业写手创作的，一个普通的游戏玩家怎么能写得这么漂亮，这么煽情？肯定是有人利用玩家对我们游戏运营的不满，有意而为。所以，我们要有所收敛才好。

石建设却很不耐烦地说，我又没逼着玩家玩游戏，他们可以不玩啊！再说了，不圈钱行吗，你的工资从什么地方来？我看你这是胡说八道！石建设插的这一句，就把张文化吓得呆在那里不知道如何应对了。

石红旗冲石建设摆摆手，让张文化继续说。

张文化想了想说，咱们的网络游戏总是贪得无厌地压榨玩家，想办法让玩家沉迷在游戏里，每天都要上线几个小时，做大量的任务，如果不做任务，就会被其他玩家超过，就打不过人家。可这样一来，就影响了工作，影响了休息。所以我们现在已经成了出头鸟，不挨枪才怪！要想改变这局面，就得讲良心，别太过分圈钱，别把玩家过分地拴在电脑屏幕前。

石建设又恼了，说你不如让公司关门算了，你当我的公司是福利院？养一大群技术员，运作网络游戏免费哄玩家高兴？出的什么狗屁主意！

张文化后悔了，自己不应该说这些话，真的不如装个傻子，免得招惹老板不高兴。

许久，石红旗才说：“你回去吧。”于是，张文化像获得特赦一样退了出去，然后长吁一口气，暗自感叹，伺候这些上层贵族真不是件容易的事。

张文化走后，石红旗告诉石建设，你在内心可以看不起下属，这很正常，因为他们的地位不如你，但你一定要在表面上尊重他们。这些人都是给咱们打工的，你对他们好一些，他们的逆反情绪就会弱一些，何乐而不为呢？然后又说，这样吧，明天咱们放松一下，约些朋友去观鸟，叫上武友谊和张文化，一起去。

【内心独白】

张文化说

我总是在后悔，总是在懊恼，不应该说顶撞二老板的话，可就是管不住自己，事后真的恨自己为什么不装傻，为什么总是招惹二老板不高兴。

唉，伺候这些贵族人物真不容易啊，长点记性吧，咱们同人家贵贱有别，不是一路人，绝不能由于大老板看得起你，你就真的不把自己当外人，跑去“直言”。

陈迎宾说的有道理，人家石建设并不可恨，他把自己想象成为一个贵族，这没问题，只是自我感觉良好而已，他把别人当成贱民，这也没问题，只是他素质差而已。

可我把自己看得很贱，在石建设这类人面前总是挺不起胸，抬不起头，甘心给人家做奴隶。其实是错在自己，还是想办法调整自己的心态吧。

石建设说

我的公司就是一个养猪场，我们兄弟用高工资养了一群猪，这些废物只会享受，却不能为公司分忧。

石红旗说

老二实在是不让人放心，太不成熟了，你在心里可以看不起手下的员工，这没问题，因为他们的地位不如你，他们在拿你发给他们的工资。但你一定要做到在表面上尊重他们。

你不尊重人家，人家凭什么给你卖力地工作，你对他们好一些，他们就对你真诚一些，逆反情绪就会弱一些，这么简单的道理我说过好多次了，怎么就记不住呢？

作为一个管理者，为人处世一定要讲究火候和分寸，对这些员工不能总是压制，要松紧适度才好，既要对员工施加有效的控制，同时又给他们足够大的空间，让他们感觉到足够的尊重，这才叫企业管理！

【画外音】

上司对于下属发脾气很正常，上司不尊重下属的人格也是正常的。你想在职场混得顺心，就一定要认可这个状况，不然只有炒掉老板自行创业。

张文化虽然被任命为石建设的助理，但石建设却只把他当做一个普通的底层员工，是靠着老大的施舍才爬上来的，所以非常看不起。石建设还在骨子里觉得自己是贵族，而张文化等员工只是普通的平民，不是一个层次的人。

石建设有钱，也有权，在公司里能任意而为，有一种天然的优越感，只要公司不倒闭，他这个土皇帝就可以一直做下去。

陈迎宾说的对，石建设很可恨，不把员工当人看。但更可恨的是张文化自己，是你把自己先看扁了，自然就没办法要求石建设平等相待了。

石建设是贵族吗？

当然不是，什么狗屁贵族，他不过一个有钱人而已。

张文化是贱民吗？

当然不是，他只不过现在没钱而已。

事情就这么简单，问题是人们习惯于把简单的事情给看复杂了。

在城市中奋斗，就如同在丛林中跋涉一样，丛林法则发挥着主体作用。你若力量强，又足够聪明，那就能居于主动地位，获得更多的成功。你要是力量弱，又头脑差，反应慢，就无法与同行竞争，最后甚至可能扑倒在地，成为他人前行的垫脚石。

不过，我们生存和奋斗的城市又不完全是丛林，为人处世也不能完全听从弱肉强食的丛林法则，还要讲人性，要讲人格。不然，这江湖一定不会有你容身之所。

张文化完全不必在意石建设的什么贵族脾气，你当他是一回事他就趾高气扬，你当他是狗屁，他就一文不值了。他可以以贵族自居，但你不能自认贱民，去配合他。

什么是贵族？在古希腊语里面，贵族是贤能的人，是品行高尚的人。贵族也可以是富裕、尊贵的人，但首先得讲道德，要情趣高雅。

像石建设这样的人，只是享受着石红旗的福荫，仗着石红旗的关系和权势，吸引来一大批马屁精，整天环侍在身边，说不定哪天有个风吹草动，就会树倒猢狲散，这能算是贵族吗？石建设的真实身份只是纨绔子弟，至多再加个恶少的“美名”。

贵族是存在的，从几千年前一直到现在，从来都有。但贵族是一种社会认可，不是谁封的，也不是自封的，当你的修养到了一定程度，就自然成了贵族。贵族身份同金钱也有很大的关系，贵族群体中，从来都是有钱人占绝大多数，可有钱却并不一定能成为贵族。

贵族从来都特别看重自己的身份，所以一举一动都很注意修养。他们在与人交往的时候恪守诺言，在社会上尊重法规，用自己的言行举止，时刻表明贵族精神是一种有序化的精神。

贵族精神还有一个特别突出的特点，就是个人身份的优越感。但真正的贵族并不刻意强调这种优越感，只有石建设这样的伪贵族才故意表现得很优越，恰恰这种暴发户的优越感却被张文化认可了，觉得这就是有钱人的天然个性，是让普通人必须仰视的人格精神。

所以陈迎宾说张文化"贱"，张文化并不冤枉。你如此认可一个浪荡公子、暴发户的优越感，并且愿意匍匐在地，那谁都没办法帮助你。

石建设是有钱，在石氏公司里他也有足够的权威，但仅此而已。作为他手下的员工，想要有所发展，一是得承认他的权威，人在矮檐下不能不低头；二是得保持自我人格，你过于屈膝，他就看不起你，更不会给你发展空间。

换句话说，你要从外在表现上给予石建设这类暴发户足够的尊重，但必须在内心坚持独立人格，别让他的伪贵族意志摧毁了你的独立人格。

绝大多数人的想法是，富就是贵，而贵也一定会富，这两个概念是没有什么区别的。但真正的贵族会用他们的言行告诉你，事实上，富和贵是完全不同的两码事儿。富，说的是物质方面，而贵，说的是精神方面。

说这话并不是让你穷欢乐，身上一分钱都没有却趾高气扬，那是地道的二百五。而是要告诉你，不要让那些不把普通人当人看的暴发户摧毁了你的自信。他发他的脾气，你做你的事，如果你的心情很好，也可以陪着他玩玩，比如恭维他几句，让他的尾巴翘得更高点。若你没心思陪他玩，那就只当他在放屁好了。

真正的贵族风度，核心就应该是社会正义，所以就会尊重任何一个人，根本不可能像石建设一样，不把属下员工平等相待。暴力和粗鲁不是贵族的标签，贵族在获得尊严和实现社会价值的同时，从来就不做任何过分的事情。

虽然我们把暴发户损得够呛，但也不能把暴发户精神说得一无是处，它的正面价值也不小，比如可以激励人们上进，通过努力奋斗超越他们，把这些挥金如土、花天酒地的垃圾踩在脚下。哦，这么说也不好，要是真的实现了对伪贵族们的超越，也不必把人家踩在脚下，若是那样不尊重人，不也成垃圾了吗？

13. 英雄不问出处

【画外音】

英雄不问出处？凭什么不问，怎么就不能问，这个时代，谁还吃你这套。还在故作神秘？早就玩不开了！

不过我们还是需要英雄的，需要一个老大供我们追随。这个传统，我们甚至可以追溯到更久远，当祖先还满身是毛的时候，社会就已经崇敬老大了。

作为石建设的助理，张文化的工作非常繁忙，但他却挺受用，他喜欢忙碌，比起在图书部干得更欢畅了。在这里，平时接触到的除了公司中高层，就是形形色色的客户，这让张文化大开眼界。

全公司上下都知道大老板很器重张文化，所以尽管知道他没有任何根基，却对他很客气，只有石建设一人例外。

同去郊游观鸟的，除了石建设和武友谊，张文化都不认识，那都是石红旗的朋友。石红旗说谁也不开自己的车，把各自的事情都彻底放下，一为健身，二为摆脱平时纷乱、繁杂的环境，调整一下心态。

一行十几个人，背着相机，挂着望远镜，乘一辆旅行车直奔京北。

难得有了这么一个可以随意放松自己的机会，大家都玩得很痛快。与这些所谓的高尚人士在一起，张文化很拘谨，既无话可说，也放不开胆量上前与人家搭话，显得形只影单。

中午用餐时，石红旗把他叫过去，说不用紧张，和这些人交往不用放不开，都是一样的人，有的人爱装，但你不用管他是否装腔作势，想说什么就说什么，想与谁沟通就主动去沟通，那是咱给他们面子。又对石建设说，多关照这个小兄弟。

由于玩得尽兴，下山回京时，天已经渐黑了，等车开回北京境内时就完全黑了。就在这时，遇到了一件比较麻烦的事，车子出了故障，走不动了，而且还坏在一个前不着村后不着店的荒野上。

大家都下了车，石建设在忙着修车的司机身后看了一会，说这车一时半会没办法修好了，得想个别的办法才行。有个人马上说，我从北京叫个车子过来接吧，这里距北京才 100 多公里，大家在车里等一下吧。

石红旗想了想，说："现在天太凉了，北京来的车到这里要一个多小时，等得太难受了。我来安排吧，我对这一带比较熟悉。"然后，他就打了个电话。

才过了 10 多分钟，远处就开来了大大小小一串车。最前面的车刚一停下，就跑出了个高大魁梧、有型有派的中年男人。那人跑到石红旗面前，却低声下气地说："石先生，我一接到电话马上就调车过来了，我带来了五辆车给您和您的朋友用，如果需要司机我给您安排，故障车今晚就修，明天修好后我就给您送到北京去。"

张文化和大家一样，看到这么一个非常有派头的人对老大过分地恭顺，甚至有些滑稽，都想知道其中的缘由。

换了车，在回京路上，有人说："老大，您这位朋友真有派啊。"

"这家伙特别喜欢装。"石红旗说。

"他来得这么快，准备得这么周到，同您的关系一定特别不错吧？"

"何止是关系不错，25年前我就在那个人手下混饭吃呢。"

原来，在25年前，石红旗跟着承包建筑工程的同乡从老家来北京做工。但一开始就很不顺利，工头拖了好几个月不给工资，最后还卷款跑掉了。他不想回家，只好在工地不远处一家汽车修理厂里找了个工作，做了修理工。

那家修理厂就距离刚才车子出故障处十几公里，厂长就是刚才送车的那个人。

当时厂长也才20多岁，刚刚接过父辈的产业，志得意满，傲气十足，特别看不起石红旗，石红旗也不明白自己为什么令人不待见。

有一回，厂长竟然在工人们面前说："我们厂再招工人时就不能招白面书生，废话太多干活太少，也不能再招胖子，吃饭太多做事犯懒。"这话显然是说给石红旗听的，那时虽然吃得不好，事业不顺，可他却长得很胖。

石红旗其实也看不起那个厂长，人情不懂，好坏不分，却装成一副成功商人的样子，整天说这个训那个。可身在矮檐下，不得不低头，就只好装作听不到。

因无处可去，他只能在汽修厂勉强度日，白天干活，晚上想老家的父母，那难处可想而知。就这样过了两个月，一次，厂长又当着大家的面装人了，他说"混日子的人我是不想留的，没本事不怕，可以学嘛，出身差也没关系，英雄不问出处嘛。唉，说这些也没用，只会吃饭养膘的人是听不懂的。"

石红旗明白，这里已经容不下自己了。他就离开了那个地方，去北京的一家汽车销售服务公司做了修理工。

石红旗不明白，上天为什么要把他的人生给设计成这副样子，出了校门就过上穷困潦倒的生活。

不过，好时光没多久就来了。

在新单位里干了两年左右，他就被提拔为主管，不久就辞职开了一间汽修厂，还把父母、弟弟都接到北京。

20多年的时间过去了，石红旗已经是很有影响的商界成功人物了，在房地产、网络游戏和保健品等行业做得相当出色，可当初处处为难他的那个厂长还守着小汽修厂经营着。

有趣的是，那厂长一点也不怕难堪，还主动跑来赔着笑，低三下四地请石红旗帮衬他。他见石红旗时说的第一句话就是："当初我太年轻，不懂事，装明白，还用狗眼看人，我怎么忘记了英雄不问出处的道理呢？"

俗话说，大喜大悲看懂自己，大起大落认清朋友。通过你人生起起落落之时旁人的表现，就知道那是些什么样的人了。

老大看透了这种人，但看透不说透，既然这样就不必与他一般见识了，就对他说，问不问出处无所谓，反正我从来就不认为穷困潦倒是很丢人的，只有在穷困的时候怨天尤人才让人看不起。

是啊，英雄为什么就不问出处了呢，谁不问英雄的出处呢。如果你一直是英雄，那以前不光彩的时候就永远过去了，没人会提起，相反大家还会主动帮助你把过去封存起来，帮你装人。可你一旦有了手高脚低，上边够不到下面摔跟头的时候，过去所有的问题马上就会被拎到大家面前，供大家说三道四，哪怕你的事业只有暂时的不顺，你也不再是英雄了，所以，谁也不要把“英雄不问出处”太当回事了。

对事业一无所成或还很落魄的人也别不尊重。因为人在做天在看，如果老天看不过眼了，他老人家总会出头的。你要是真的尽人事听天命，何时何地都认真做事，老实为人，老天就不会亏待你，好运气更喜欢不爱装人的人。

石建设以前也没听大哥说起过这些事，他和张文化一样，都特别感慨。

石红旗的运气也真是好，虽然没有任何从庙堂发迹的资本，却生生从草莽中杀出一条路来，年纪轻轻就纵横四方了。

张文化暗自想，如果现在跟随过自己的小喽啰竟然封侯拜相了，那应该用怎样的眼光来打量人家呢？要是遇到了一个小喽啰无处投奔时，应该如何对待？又一琢磨，自己现在不就是个倒霉的小瘪三！应该怎么办，装，还是不装？

【内心独白】

张文化说

大老板石红旗的运气真是好得出奇，他没有什么资本，开始时也处处受人责难，后来却通过努力，走出一条自己的路，获得了成功。

看来不靠爹妈也能有出路，漂在北京城的这么多人，没有几个是爹妈能一路支撑到底的，主要还是靠自己。

石红旗说

老二总是两眼朝天，看不起这个看不起那个，尤其是对于事业无成的人，但是每个人都拥有属于他自己的机会，就不定哪天你所看不起的人就成功了，那时你该怎么办？

石建设说

什么英雄狗熊的，是我大哥有本事，运气又好，所以才能成功。努力？你努力去吧！你看看这世界上，谁不在努力，可有几个成功了？

【画外音】

如果哪天上帝突然一高兴，给我们每个人一个重新选择出身的机会，你该怎么做？大概很多人都会选择重生在高官或富商之家吧。

或许有人要说，选择什么样的出身并不重要啊，最关键是保持什么样的心态，最重要的是怎样去奋斗。拿破仑不是说过“不想当将军的士兵不是好士兵”嘛，我们只要努力奋斗就是了。

你就装吧！这道理看上去很有分量，可是，有谁宁愿放弃好的出身而选择生在贫苦之家，然后怀着远大志向白手起家？想当将军就能算是好士兵了吗？我还想当市长呢，我算个什么？有个想法就能出息了？做你的梦去吧。

不管怎样说，这世上的绝大多数人，都是在没有分配到一个好出身的情况下，就被强行安放在人生起跑线上了，一生的道路上注定会磕磕绊绊。在你咬牙前行时，还经常会有无聊的人嘲弄你，有心怀恶意的人打压你，没有一个“好爹”出面为你摆平困难，身份普通的爹娘只能为你的困境叹息。

这时，你应该怎么办才好？

的确，是有“英雄不问出处”一说，可在你没有成为英雄时应该怎么办呢？再说了，即使你幸运地中了大奖成了英雄，别人凭什么就不能问出处呢？

英雄不问出处，不知道这话最初是谁说的，明代人杨基的诗《感怀》中倒是有这么一句：“英雄各有见，何必问出处。”

英雄当然就是成功者，失败的人和没有建树的平庸者是没有资格被叫作英雄的。

对于成功者，我们总是容易有一种非常习惯性的思维，觉得能够在一群人里面出类拔萃，他的身上一定会有一种别人所没有的，先天性的东西，是这种东西在发挥作用，才让他成为人群中的佼佼者，而多数人由于身上缺少这种先天性的特质，所以就不可能成为英雄，不能获得成功者才能享受到的膜拜。

在我们这个时代，你可以说这个习惯性的思维太幼稚了，谁都不再相信王侯将相有先天的“种”。可是，许多人却总在潜意识里，从这种动物性习惯出发来看待成功者。

在动物中，成功者都是那些长得大、力量强、色彩华丽的，这些基本都来自先天遗传，都是爹妈给的，你自己再努力也得不到。人类也有过这些习惯，并且也没有完全丢掉这些习惯。

因此，如果发现一个比较成功的人物出现了，就很有可能会先入为主地觉得这个人可能具备一些其他人所没有的特殊能力。

特殊能力可能会有，也真有不少成功人士是幸运地享受到了爹妈的赐予。可是，对于绝大多数成功者来说，他在没有成功之前就是一个很平常的人，甚至还可能还会很差劲。

要是这样的话，大家的心里就可能要产生一个非常大的落差了，这么出色的人以前怎么会是那个德性？

作为一个现代人，你就不应该什么事都从动物性本能去考虑，你根本不必因为人家成功者曾经有过贫贱的出身就心怀不平。

古时，很多大英雄在成功之前都可能会有非常不光彩的经历，或是出身不好。怎么办呢？这就需要装了，几乎所有的成功者都想方设法用移花接木等方式来混淆或美化他的过去。

宣扬“英雄不问出处”就是其中的一个办法，意思是说登上了枝头就是凤凰，已经大富大贵了就不应该再对他的过去指指点点。

我们这个社会里，对于英雄同样也没有必要过问出处，因为那样做没什么意义。不过，必要的前提是你一定要成为英雄，然后才可能不被诘问出处。你要是没有成功，那还是老老实实地准备随时让别人盘问出处吧，太装了会适得其反。

更何况，你就是成功了，也要时时准备别人翻你的老底呢，成功者需要更高超的“装功”才行。

英雄不问出处是相对的，但与人相处时，还是不要以出处论英雄，要不然，还真的有可能如同当初为难过石红旗的那个人一样，不得不以“狗眼看人”自嘲。

另外，从人海中拼杀出来的成功者身上，你确实可能会找出一些先天性的优势，但王侯将相的“种”是可望而不可即的东西，只有白痴才会把那东西当回事。想混个人样出来的话，就把幻想扔一边去，踏实地玩好自己手中那副看上去并不怎么样的牌吧。

装与不装都不能改变你的出身，还是踏实做好眼前的事情吧，成功以后，谁还在意你的出身呢。

14. 圈子和利益

【画外音】

每个圈子都有共同利益。

利益相同的人，以及为了获取相同利益的人，聚集在一起，就有了圈子。这看上去并不复杂，但复杂的是，我们看待圈子的眼光太复杂了。

什么？你讨厌利益圈，你就没有圈子？

太伟大了，你这一句话，会让多少人如我般泪眼婆娑啊！没有利益圈子的人噢，你太圣洁啦！可怜的是，你只能从自己的成见中获取安慰。

这天，张文化完成了石建设交办的事情，刚刚悠闲了一会，老武就来了。

他一进门就说：“你这个张文化啊，我给你改个名叫‘没文化’好了！瞧你请来的嘉宾，都给我们胡扯些什么歪经？又是上流社交圈子，又是高尚生活方式，这要是让大老板知道了，不生气才怪呢。这不是存心要把我们公司的年轻员工给引到沟里去嘛，听了那些乱七八糟的东西，还能安心工作吗？公司费尽心机安排的思想工作，都让你给搅和了。”

张文化本以为老武见自己时，会很高兴地表扬一番，可是，预期中的夸赞没有得到，却迎头打过来一顿棍棒，把他给打傻了。老武虽是图书部主任，也是公司副总裁，又是张文化的老上级，当然有权力也有资格这样教训他了。

事情是这样的，张文化受石建设之命，组织公司员工联欢活动时，邀请来了一位很有名气的歌手张成，为活动唱歌助兴。为了活跃气氛，激励员工们的热情，张文化还让张成给大家讲了一些在演艺圈的奋斗经历和社交故事。

张成的表现让张文化很满意，他连说带唱，口水四溅，台下的员工们掌声和口哨响成一片，石建设在台下也很高兴。

张文化觉得，大老板也一定会为他的精心安排而高兴。因为石红旗常常抱怨说，现在很多员工都眼高手低，素质差欲望高，这些年轻人不想着提高修养和业务技能，总爱琢磨如何才能富贵，找不到一个适合自己的活法。

但张文化的努力却并不被老武认可，甚至还说："你这个脑筋动得也太差劲了，让一个歌手在员工面前大讲娱乐圈里面那些浮躁的烂事，还说他自己生活在上流圈子里，希望大家都能过上那种高尚生活，这不是胡说八道吗？大老板是不在，如果他在现场，不把那歌手赶下台才怪！"

张文化赶忙解释："我本意是想让歌手发挥影响力，通过他的奋斗故事激励咱们的员工。尤其是20多岁的年轻员工，都爱听娱乐圈里的故事。"

老武说："你还是太幼稚，这人生就像烙饼，不翻够了次数就不成熟，我看你就是没翻够次数。他的娱乐圈是什么样的，我们员工的社交圈又是什么样的？风马牛不相及的事情嘛。就像穿衣需要合身，圈子也得合身才行。其实，他要真能讲出个奋斗故事倒也不错，可他这个歌手的嘴里吐不出象牙来。他说的那些故事，除了娱乐圈男女胡搞就是钩心斗角的利益争夺，这些事对我们员工能有多少正面价值？他们圈子里都是作秀和浮躁的东西，而我们这里需要的是脚踏实地的创造精神，这可是相反的两类事情。所以我才说，你不是在调整员工的心态，正好相反，是在惑乱军心。让那歌手一忽悠，这些20多岁的孩子们心里不乱才怪呢。大家各有各的玩法，公司员工怎么能和他玩到一起去。这简直就是让鸟学虫爬，虫随鸟飞，能行吗？"

老武还说："你可别把二老板和大老板混为一谈，虽然老二喜欢这个，但老大却不喜欢，咱们公司的水深着呢，想在董事长助理位置上坐稳，一定要小心才是啊。"

看来人家老武跑过来教训自己，完全是出于好意，张文化赶紧千恩万谢。

送走了老武，张文化就懊恼起来了，这张成也是，非要胡拽什么上流、高尚，大家都知道你们娱乐圈子混得滋润，玩得尽兴，但这与高尚也不搭边啊。都说缺什么就爱强调什么，莫非娱乐圈子缺高尚？但愿大老板别在意这事，不然可怎么交待呢？

他正郁闷，张成却跑过来找他结账了。办完事，张文化告诉张成，其实大老板不喜欢他在台上说的那些话，以后要是再有这样的事情，可不能再讲了。

可张成却说：“你委屈？我还难受呢。我又说又唱的，费了大半天口舌，容易吗？我们艺人圈和你们企业员工的社交圈表面上是不一样，可本质上没区别啊，大家都是在各自的圈子里混，都需要争取利益资源。比如现在都讲求混社会的配置，这配置我需要你也需要啊，谁的圈子里都得有个带头的，也得有人做虾兵蟹将，你和你老板的圈子不也这样吗？”

张文化说：“‘混社会’就够新鲜的了，还要讲求‘配置’，你们娱乐圈可真是热闹。”

张成说：“你还别不在乎，我告诉你，活着就是在修心，修心不能跑到深山里清修，只能为人处世修心，所以就要多交朋友，把心修炼得过硬，才能在社会上混得像模像样。”

都说“说的不如唱的好听”，可张成的“说功”也挺厉害，他说得高兴时是口水乱飞：“我不是对你们的员工讲过嘛，如果只想做个没有多少要求的小百姓，交朋友时就可以由着自己的性子来，想和谁做朋友就和谁交往，不想搭理了就一脚踹开他。可你想要混得好的话，就得进入一个高层次的社交圈，就要讲求混社会的配置，想在这个社会上混出个地位来，就得交到有用的朋友。啥叫有用啊，比如说你的社交圈里医生、律师这类人都是不可缺少的。你去医院看病时，要是有个医生朋友帮助，就不会花钱挨宰，还能帮你联系到医术好的医生。而律师呢，在你遇到倒霉事情的时候，他能给你出谋划策，拉你一把，让你少吃亏。”

就如同老混混向小混混传授江湖之道一样，张成说得嘴角冒白沫：“你能说我圈子里的事情对你们没有帮助吗？我们需要交朋友，你们公司的员工不也需要交朋友吗？”

张成的话虽然圆滑，听上去却也有一些道理。但张文化却不敢把这道理讲给大老板，他知道，大老板不可能希望手下员工去“混社会”。

【内心独白】

张文化说

这张成也太管不住自己的嘴了，圈子、利益这事放在心里就行了，他非得在公开场合说出来，也太爱炫耀了，可能演艺圈都这德性吧。

武友谊说

这个张文化，毕竟年轻，让一个唱歌的在公司全体员工面前说他们娱乐圈那些烂事，如果让大老板知道了，还不气死啊。

娱乐圈和我们做生意的根本就不是一回事，更何况唱歌的说的娱乐故事，对我们员工基本没有什么正面价值，那个圈子里尽是作秀和浮躁。

张成说

谁不需要朋友啊，我说的没道理吗？既然有道理还装什么正经啊，有什么说不出口的？这个城市里有各种各样的社交圈子，兴趣和利益相同的人聚在一起，互相沟通，有什么见不得阳光的？

【画外音】

欲望都市中存在着各种各样的社交圈子，圈子是兴趣、习惯、利益相似的人聚集在一起形成的，或者是为了获得共同利益而结成的，也就是大家常说的“鱼找鱼，虾找虾”。

但不是每个圈子都能适合你，你必须钻进属于自己的圈子里面才行，不能鸡同鸭讲，那样就会出乱子。要是让张文化跑到张成的圈子里，整天同歌手们混在一起，话说不到一起，事做不到一起，心态不失衡才怪呢。

圈子和利益是挂钩的，不管是兴趣方面的利益还是金钱利益、情感利益，都要和社交圈内的活动对应起来。

所以武友谊的话是有道理的，年轻员工们不要被浮躁的东西引得心神不安，如果不想改行搞演艺的话，就不必对那个圈子里的事情过于热心。那些相关的趣事，听后一笑而过就是了。

在欲望都市里奋斗，不仅要找准适合自己的圈子，还要摆好对利益圈的心态。

利益、圈子，本来就是中性的东西，结合成“利益圈”后同样也是中性的。坏人有利益圈，好人也有利益圈，问题不在于利益圈是好是坏，而在于你利用这圈子做什么样的事情。有人一说利益圈就挤眉弄眼，似乎在说一件见不得人的事情，这没有必要。

为了获得生活和事业的发展而经营自己的利益圈子，这是正经事，没有什么见不得光亮的，既然正当何必忸怩作态。

其实，利益圈这东西，用心也做，不用心也做。就是说，即使你平时心里不想，也不故意去做，也会自然而然参与到各种利益圈子中去。而成功的人只是善于让自己的圈子更合身一些，获得利益的效率更高一些而已。

15. 似是而非的机会

【画外音】

关于机会，还有什么可说的道理吗？别再试图用“应该抓住机遇”一类的废话教育我们了，这会让你看上去更呆。

与石建设相处久了，张文化发现，他就是一个浪荡公子，玩世不恭，而且性格暴虐，一有不顺就大发脾气。公司的业务他仅是表面过问一下，具体操作上全靠手下打理，玩乐就是他本人的每天工作内容。

不过，要是高兴了，公司的业务他也很愿意掺和，不论图书、影视、网络游戏还是保健品，到处都指挥一下。不管懂不懂，员工们都得听他的，如果有所怠慢，他过去就是一脚，脾气相当暴躁。

这天早晨一上班，石建设的兴致很高，得知公司临时接到了一个非常急的演出业务，就非要亲自指挥安排。

原来，有一个城市组织地方文化节，请公司安排演出助兴，可是时间要求很紧，头天通知，第二天就要安排演出。

措手不及的情况下，一时间没有足够的演员，石建设就把公司负责影视制作和演出经纪的几位员工组织起来，配合几位临时抓来的专业歌手，组成了一个演出班子。

去演出场地的路上，在车里，石建设问张文化，敢不敢登台去唱一首歌。

张文化说这哪行呀，唱歌是人家演员的事，我怎么敢上台给观众表演呢，吓都吓死了。

石建设说你就这点出息呀，有什么不敢唱的，还把自己吓死了，这是我手下人能说出的话吗？只要人家敢听，我们就敢唱。我们这个演出班子人太少了，你来凑个数，也算一个歌手。

张文化见石建设真的要让自己登台演出，就紧张起来。他是怕表现不好，把事情搞砸，才坚决推辞。说我虽然在咱们公司和演员们一起唱过，演出时也跑前跑后的，可从来也没正式登台唱过呀。演出和在歌厅唱可不一样，在几千人面前演出是一件大事，万一演不好，那不给您丢人了吗？

要在平时，有人敢这样不给面子，可能石建设就要骂人了，但今天二老板心情出奇的好，竟然和颜悦色地做起思想工作来。

他问："你们知道牛仔裤是谁发明的吗？"大家都不知道这家伙要说什么，没有人敢应声。

他就接着说："是一个美国人，名叫李维斯。那个时候，他同一些人到美国西部去淘金，在路上，遇到了一条河，看到有河拦住了去路，别人比较急，他就想办法租来了一条船，做起了摆渡的生意，从中赚到了一些钱。看到这样做能赚钱，就有人也来做，同他抢生意。可是李维斯并不烦恼，因为他已经看到了其他生意机会。于是，他就去卖水，因为淘金的矿工们工作时出汗很多，需要大量饮水，所以他就在别人采矿时卖水，为此赚到了不少钱。可是又有人来抢卖水的生意，李维斯还是不烦恼，因为他又看到了更好的机会。他观察到采矿工人裤子膝盖部分非常容易被磨破，而矿区中却有好多被丢弃的帆布帐篷。李维斯就把这些旧帐篷收集起来洗干净，做成裤子卖，牛仔裤就是这样诞生的。在李维斯的眼中，到处都是机会，甚至连让别人心烦的问题都是他的事业机会，所以他就成功了。"

讲完故事，石建设就盯着张文化，意思大概是，我都耐心到这个程度了你还不答应？

张文化还是不答应，因为让自己冒充演员登台唱歌，这太过分。

见张文化还不答应，石建设立刻就变脸了，说那你马上给我滚蛋，我可不要你这胆小的废物！

看石建设犯混，张文化也害怕了，只好答应。

见张文化勉强答应了，石建设就说，给你这么好的机会还不抓住，不是缺少心眼吗？就算你不在演艺上发展，也可以锻炼自己嘛。其实今天虽然要在数千观众面前演出，但充其量也不过是一个堂会，就相当过去有钱人把戏班子请到家中唱几段，不是什么太大的事情，又不是要你在人民大会堂或维也纳金色大厅里唱歌，瞧把你给紧张的。其实就同咱们在公司里唱歌一样，作秀而已，别太较劲了，你就唱咱们公司新制作的那首歌，反正别人也没听过，唱成什么样都没关系。

见二老板这么说，同行的人也都跟着附和，说观众不会把注意力放在你身上，咱们烘托一下气氛就行了，只是作个秀，走一下过场。再说，你只要一登台，主持人一介绍，你就变成歌手了，在观众的眼里你就和真正的歌手一样了，谁知道你原来是做什么的。

石建设又说，其实那些名气很大的歌星们也不过如此，他们就是整天作秀给这个看给那个看，在台上吼几嗓子就把钱给赚了。虽然观众们在台下看偶像唱歌是万分崇敬，如痴如醉的，其实唱歌的人并没有怎么当成一回事，他们就像自己唱卡拉 OK 一样轻松。

虽然大家这么说，可张文化根本踏实不下来，真到演出开始，他的心还是怦怦剧跳。

不过也是怪，轮到张文化时，虽然在后台还很紧张，但一到前面就把所有的事情都给忘掉了，什么都不想了，甚至什么都看不到了。只是眯着眼睛唱给自己听，唱完后，微微一鞠躬就下台了。

在回公司的路上，石建设说，演出就是这么一回事，你在公司的录音间里能唱，也就能在舞台上唱，有什么难的啊，跑到台上给观众比划比划，喊几嗓子就完了，作秀嘛，太简单了，天下最容易的事情了。

石建设说得轻松，但张文化却像做了一件很大的缺德事，只是没被人发现而已。他暗自庆幸，要是被发现了可就出大麻烦了。真是伴君如伴虎，跟着二老板真不好干啊。

石建设还在忽悠："这个时代遍地都是好机会啊。我大哥总说，这几十年里，普通人遇到过三次事业发展机会，有的人发达起来了，可更多的人还是过普通日子。一次是30年前允许做小生意时，不少人因为倒买倒卖而发财。一次是开始发行股票时，有人发了大财，从普通人变成富人。再有一次就是房地产大发展。这些机会一波接着一波，一直到现在，不是时代不给你机会。你要是生在上世纪50年代到70年代，想发展就费劲了，就缺乏这种机会了，那个时候都不允许你拥有稍微多一点的私人资产。"

石建设说得热闹，张文化却不想搭腔，因为他还对上台唱歌心有余悸。

【内心独白】

石建设说

张文化这货就是不懂事，给你这么好的机会还不赶紧抓住，还要我求着你接受，这不是缺心眼吗？

去唱首歌有什么难的？像挨刀一样，至于嘛。所谓的演出就是那么一回事，人家歌星能唱你怎么就不能唱，你可以在公司的录音间里唱，怎么就不能在舞台上唱啊，什么经验不经验的，跑上去比划几下，喊几嗓子就完了。你以为是声乐比赛啊，有专业评委在盯着？这只不过是个简单的作秀，最容易的事情了。

张文化说

说起来就像做了一件缺德事，替二老板愚弄了人家观众，还好，没被发现，不然多丢人啊。

【画外音】

石建设人品虽然不怎么样，但他的话却不是没道理。

登台在众人面前表演，对于一些想在这方面发展的人来说就是一个机会，只是张文化没有这个打算罢了，但这机会是实实在在的。现在，城市街头穿行的那些年轻人中，有不少人脸上都挂着沉重和彷徨，就是缺少机会。

年轻人在高兴的时候都挺投入，那是年轻人的本性，可是一说起无奈的事情，就彷徨起来，这可不是在故意装酷，他们是真的在迷茫，迷茫的原因就是看不到机会。这种迷茫，二三线城市中奋斗着的年轻人稍微少一些，这里只能说是稍微，因为当今的城市压力渐渐趋同，中小城市也在慢慢地靠拢大城市，工作节奏越来越快，年轻人的事业压力也越来越强，更没时间和心思去专门考虑机会问题。

而在大城市中，迷茫和彷徨心态的年轻人就更多了。你要对他们说，这是一个最好的时代，遍地都是机会，快去抓住啊。他们肯定会笑话你，说你也太“老夫子”了，是成功励志书看多了吧，机会，我们把眼睛都瞪累了也看不到啊。

是啊，你看着每天上下班时的人流，机会在什么地方？就是有机会，够这么多的人分配吗？

年轻人从学校中出来时，事业和机会是常挂在嘴边的，可过了几年，就慢慢忘记了，按部就班的城市节奏和压力让人麻木了。到了后来，日出而作、日落而息的年轻人，就不再为了理想而奋斗，而是为了生存而搏斗了。

如果只是为了生存，你还有多少心思到处寻觅机会？你刚刚一走神，老板就会甩过来一句："想换工作了是不是？不好好做就走人！"这句话比鞭子还伤人。

虽然城市中到处都是机会，但在捡起机会之前，首先要给自己定一个位，你得搞清楚自己现在站在什么地方，将来要去往什么地方。你要明白自己的身份是唐僧还是妖怪，要是唐僧就往西走，要是妖怪就好好守住自己的洞府。然后才能在自己的发展方向上捡拾机遇。

至于怎样抓住机遇，这个就不必说了吧，都被说滥了，谁不明白。

更加重要的是有了机会后，如何奋斗。要是不会带着机会奋斗，那再好的机会也等同于"狗屁"。

也许你的父母是普通工人农民，也许你的父母是小职员，绝大多数都是这样的家庭，都只能过着精打细算的日子，这样才不至于陷入贫困，就连小企业主家庭也是如此。这样家庭出身的年轻人，就只有奋斗，只有行动起来，机会才能心甘情愿地跟随着你。

现在，不管是几线城市，无一例外，全都能算得上是欲望都市，在一个个城市中行走着的年轻人，都在为了满足自己的欲望而寻找着机会。为了成功，他们每天都在进行着从睡觉到工作再到睡觉的简单轮转，有时，都想不起自己当前做事是为了什么，甚至会麻木地觉得目的就是为了做完眼前这件事情。等稍有空闲才能活动一下麻木的思想，想起诸如机会、事业、奋斗一类的词汇。

虽然很多时候表现得特别颓废，但机会和奋斗从来就没有从头脑中消失。因为大家都清楚，要是没有了机会和奋斗，自己就真的一无所有了。

16. 冷眼作秀

【画外音】

我们总是喜欢议论电视剧，你说，现在的国产电视剧怎么都拍得那么白痴？一两年也不见得能看到一段有一点水平的剧情。还有很多导演和编剧说，电视剧是艺术，并不需要讲理。这种姿态也太低了，简直不是不讲理，而是有些无耻了。

虽然电视剧里演员们说话、办事同现实完全不一样，假得要命，烂人演烂事，絮絮叨叨个没完，可就是有人看，你说怪不怪。

不怪。

因为观众看的是演员作的“秀”，而不是看演员演绎的什么情感、故事。

可在职场中，你要是把那些“秀”当回事，跟着人家“秀”出来的感觉走，那结果肯定就悲哀了。

作为董事长助理，实际上就是给石建设打杂，而石建设也正是把张文化当做一个杂工使用的。张文化也很乐于接受这个角色，他觉得自己并没有什么水平，老老实实做好上司交给的任务就行了。

图书只是传媒公司的一项边缘业务，主体则是影视、广告和演艺。这天，石建设交给张文化一个任务，去解决广告客户反映的问题。

在公司的客户里，有一个很有名气的乳品公司，过去一直合作得很愉快。可是最近，这个大客户的一个广告项目却迟迟不付款，并且还表示不满。

原来，这家客户请公司制作一个酸奶广告，还事先提出在广告中，代言的明星要在表演喝酸奶时，在上下嘴唇沾上一圈白色的奶。可公司请来的演艺明星却不配合，她的经纪人说，我们小姐是著名艺人，让她在广告中，嘴唇沾上一圈白色的奶不好看，也有些掉面子，不能影响形象，这样作秀太狗血了，既老套又弱智，所以一定要修改广告脚本。

结果乳品公司看了广告片后，很不满意，才不给结款。

张文化就对客户说，现在有几个乳品和饮料广告，确实都是这样处理的，模特喝了以后，都要在上下嘴唇沾上一圈。可这样处理效果并不好，观众看上去会觉得特别假，因为正常人在喝奶和喝饮料时，嘴上是不会沾上一圈的，就算是小孩子也只可能沾上一点。

这样的广告第一次出来时，公众还觉得新鲜，所以不合理也没什么，相反还会觉得模特挺可爱的，但有几家这样做了以后，就被人们骂了，说成是白痴。

张文化没想到，他的解释让客户更不满了，对方在电话中非常生气，说要是这样，就不履行合同了。

张文化连忙说向上级汇报，想办法解决。

但他想不出更好的办法，又不想直接上交矛盾给石建设，因为石建设既不懂业务又特别暴躁，一着急就骂人。

他把这事同李和平说了，但李和平只能宽慰一下，陪着张文化难受，却没有好办法。张文化知道李和平是个厚道的文人，对这类商业秀不在行。

李和平说，咱们去找赵河北聊聊吧，他一定会有办法。

张文化说这不好吧，这样的小事怎好麻烦人家呢。

李和平说不过是随便聊聊而已，另外赵总爱写诗，我最近构思了一首诗，正想请他指教，还想去看一下孙老。

前一段时间，因为李和平的小师妹郑海阳借住在家里，他的老婆天天闹，搞得没心情创作，这情况张文化是知道的。现在李和平又可以写诗了，说明他家的悍妇已经不再闹了，莫非郑海阳回老家了？

李和平说：“那孩子很懂事，为了不让我老婆闹情绪，就搬到同学的宿舍住了。昨天她还打来电话，说在一家影视公司找到工作了。”

张文化说：“那你的日子又能平静了。说实在的，我真羡慕你，一首诗也能成为朋友间交往的内容，你们文人圈子里的事情真简单，比商界强多了。商场上总是没完没了地作秀，烦透了。”

在赵家，当张文化把烦恼说给赵河北，赵河北却笑了，说作秀本是常态，谁能少得了，生意人作商业秀，演员作文艺秀，我现在都70多岁了，为了公司里的事情，不还得去没完没了地陪着作秀嘛。还好，我有几位和平老弟这样的朋友，就能让心境平和一些。

孙老在一边喝茶，他不参与交流，不是喝茶就是呆坐。

李和平在看一幅画，画的是雨中一位军人骑在马上，看着自己的士兵列队行军，长长的队伍在荒野中行进。

赵河北说，那是一位画家朋友根据我父亲讲的场景画的。

张文化猜说这军人是孙老吧？

赵河北说正是，孙老有时会很烦躁，但一看这画就默不做声。这画面是我父亲的一个记忆，他在世时总是说，孙老在马背上的镇定，已经深深印在他头脑里。当时，部队要出发阻击日军，日军的进攻部队是一个旅团，而当时孙老虽是师长，可这支阻击部队可用之兵却只有一个营了，这种情况下他仍然镇定如常啊。

张文化看着那画，受到感染，很感慨。赵河北又说，其实你在公司遇到的烦恼事并不复杂，你只不过是遇事就冲动，很不镇定地用认真去对付不认真了。

张文化不解。

赵河北说，其实对方并不是在意广告代言人嘴上有没有一层奶，他要的只是顺心而已，你让他舒服就是了。这时你要是非常认真地与他较劲，给他讲道理，要他不再执著于作秀，他自然也会同你较劲。

张文化问具体怎样应对。

赵河北说，那种生意做得不管多大，心态仍然是小商人的人，总是很在意眼前利益，你给他一些就是了，甚至只给一点预期中的好处，他就会松懈下来，不再同你较劲了。

听了赵河北的建议，张文化若有所思。心想，既然是给好处，给乳品公司不如给广告代言人，那是公司的签约演员，更容易处理。

第二天，张文化就特意上门与客户沟通。赔着笑说，一定会拍出让客户满意的片子，既然非得让那模特的嘴上沾一圈奶，沾上就是了，不就是要她作秀嘛，演员就是专业作秀的，别说是奶了，沾上别的东西也可以做到。

听张文化这么一说，客户的气就顺了，态度也缓和了，对张文化说：“现在谁不作秀，一个不懂得作秀的人根本就没法混。要知道，我们公司这么重要的一个长期大客户，差点就让你给搞丢了，有多少只狼在盯着这一块大肥肉，不维护好怎么行。”

张文化回公司又去找石建设，让他给演员提高一些报酬，不行就许一些预期的好处，目的就是让她同意在嘴上抹一圈奶。

没想到石建设的心情相当好，马上就答应了。他还给张文化讲道理，说客户需要什么你就给什么，要你做什么你就做什么，你只要让客户满意就是了。让模特喝得一嘴唇奶，这是很弱智，第一次会让人觉得可爱，第二次会让人觉得平淡，第三次就无聊了，但观众觉得无聊可以不看嘛，对待作秀就是这样，你不喜欢可以不理它。重要的是客户觉得有趣，那咱就陪着他作秀就行了，至于观众是不是愿意看，看了之后是不是骂弱智，就不是我们的事情了。一句话，只要他能付款！演员方面就更好说了，那些傻妞眼里只有钱，更好办，让她嘴上沾一圈奶她就抹奶，让她嘴上沾一圈泥，她就会抹泥。

张文化虽然有时有些愚，但并不是一个迂腐的人，必要的变通他还是会的，这让他挽回了客户。

不久，那家乳品公司又提出，要在石氏公司与电视台合作的一个文化访谈节目中，安排老总出镜。

张文化一听这事，就给承担了下来，并且还提出建议，请那个代言广告的明星也参加这个节目，还可以与老总合影。

听说此事，武友谊有些担心，说这样行吗，本来一个企业老总谈文化就够勉强的了，我们再请一个演戏的坐在那里，时不时甩几句不三不四的话，这节目还能进行得下去吗？

老武的担心是有道理的，他觉得做文化访谈节目考验功底，而商人和艺人的文化底子都是很薄的，让他们插科打诨是没问题的，谈文化就不合适了。

“您放心，我们可以请一位头脑比较灵活一些的学者来，让他唱主角，商人和演员的发言可以事先搞好设计，他们虽然底子不厚，但都是作秀的高手，更何况是录播不是直播，不合适的地方可以反复修改嘛。”张文化相当有底。

石建设也同意，他说：“老武你和我家老大一样，总是这不行那不行的，你们都老了，糊涂了。”另外还叮嘱老武，这事可不要去老大那里告状，免得老大又过来指手画脚。

果然，商人和艺人的手法确实了得，与他们各自领域无关的历史文化，竟然能在节目现场被说得如数家珍，再加上学者和主持人的串联，效果非常好。

商人需要文化，艺人也需要文化，通过这个节目既达到了宣传目的，又让自己“有”了文化，都很满意。

看了片子后，老武说张文化这事虽然干得漂亮，但多少也有点问题，主要是节目里明星说“看了我主演的电影和电视剧，小孩子可以了解历史”，然后主持人和观众里的“托”们掌声一片，这可有争议。因为她演的那些戏并不是历史，只是好玩和热闹而已，说小孩子能从中学到历史知识，要是小孩子信以为真了，那不是害孩子嘛。

没等张文化说话，石建设就说：“你当观众都是白痴啊，大家都知道这是作秀，谁能把她的话当真呢。做节目前，那应邀来的学者还建议标注上‘来宾发言仅代表各自观点’。其实他和你一样，担心都是没用的，作秀的人和看作秀的人，谁也不会较真的。”

石建设说得没错，现在人人在秀，步步是秀。可你要是没有一双慧眼，就得迷失在各种各样的秀里，浪费了钱财和精力，荒废了人生。以作秀为业的人成功了，而身不由己陷到各种秀场里的观众就很难说了。

石建设从来就没有这样耐心过，是什么好事让他如此开心呢？张文化有些纳闷。

张文化下班时，突然听到有人在身后叫“文化哥”。

他一回头，竟是郑海阳，这个高个子小姑娘一脸阳光，说：“我今天早上就看到你了，只是你和董事长在一起，就没敢同你打招呼。现在好了，我和你同在一个公司了，和平哥也是公司的签约作家，你们可得好好关照我啊。”

原来她找到的工作，竟是这个公司的前台接待员。

【内心独白】

石建设说

张文化这货只能做一个低级员工，作个杂工用吧，实在摆不上台面，连作秀都理解不了，也不知道老大哪根筋搭错了，这么看好张文化。

人家客户让模特在嘴上抹一圈奶，觉得这样很有意思，那你就让她抹上就是了。只要是客户觉得好，那咱也说好，你要知道是客户给你广告费，不是观众，观众是不是愿意看并不重要，观众看了以后是不是骂模特弱智，是不是骂乳品公司弱智，那我们就不用管了。只要我们能收到广告款，怎样做都行，至于那模特演员就更好办了，那不过是个只信任钱的傻妞，你把钱在她眼前一晃，她就晕了，让她嘴上抹一圈奶？你让她嘴上抹什么她都不会拒绝！人家不会像张文化这么傻。

张文化说

这些大爷真难侍候，为了赚钱也不能不讲原则哪，你想想，正常人喝奶的时候，嘴上能沾上一圈奶嘛。这广告也做得太狗血了，真是既老套又弱智。

李和平说

有时张文化太较劲了，连我这书呆子都觉得过分，现在全社会都在作秀，人人在秀，你不作秀就寸步难行。

不过，我们还真得应该有双慧眼，看清哪些是秀，哪些是有用的。不能迷失在各种各样的秀里，人家作秀是为了赚眼球，获得注意力，从而获得实惠。可我们要是沉迷在一场又一场秀里，肯定就要浪费钱财和精力，荒废人生。他玩他的秀，我过我的生活吧。

赵河北说

认真的态度是应该的，但你张文化不能用认真的态度，去对付不认真的人。

有些人在做生意的时候，并不讲求什么商业规则，他只凭感觉作事，高兴怎么做就怎么做，因为他有权力。这样的人确实不少，生意做得很大，可心态上还是小商人或纨绔子弟，对这样的人，你就不能认真，不值得。

【画外音】

作秀这东西真是神奇，虽然里面有大学问，可是人人都能无师自通，不用教就很容易上手，从小孩到老人，几乎每天都在作秀，也都在陪着别人作秀。

啥最流行，作秀啊。

普通人和明星都要靠作秀来达到各种目的，但普通人更多的是当观众，受各种秀的引导。

对于商人和艺人来说，获得宣传效果和证明自己还没有过时，是最主要的目的。

城市里到处都是秀，你一不小心就掉到秀场里，耽误了你的正经事不说，要是落到陷阱里就麻烦了。

但欲望城市里的年轻人就喜欢接受各种秀，大家都习惯了生活在各种秀里面，没有秀就觉得无趣。尤其是明星作的秀。

大家都好像有窥私僻，哪个明星要是结了婚或离了婚，都可能成为重要新闻。其实你在城市中奋斗已经够累的了，那些乱七八糟的事情和你有什么关系啊，大概只能供人消遣一下，虽然这种消遣也是很低级的消遣，但扯一下淡，能松弛一下紧张的神经也是可以的。不过，把明星离婚当成自己离婚的忠实粉丝，就有些玩过了，又是惋惜流泪又是谴责的，城漂一族可不能这么玩。

人家明星只是适时出来秀一秀，不然就会被遗忘。要知道，作秀也是一个脑力活，秀得不好是没有人买账的，所以人家就得时常按计划出来秀，但我们这些在城市中为了事业和生活玩命的人，就没有必要忙着跟秀、捧秀了。

另一方面，想在城市里混，就必须得理解作秀，也得学会作秀，只要不缺德，作秀和配合作秀都没关系。

再者，我们这个时代也更讲求作秀的功力了，没有一定作秀功底就出来混是不行的，除非你一心做学问，把学问做得高深莫测，那就可以不作秀了，凭真功夫就行了。

现在这个时代就是一个高度脸谱化的时代，大家都是通过脸谱来获得身份认同的。都在用脸谱来确定社会身份、地位和价值。

正是因为这个，大众传媒就把脸谱传播作为一个主要任务，我们也习惯于生活在传媒中，习惯于在传媒中找感觉。所以，作秀也就成了时髦，大家就没完没了地做戏。

其实，作秀也是生产力，因为作秀也会产生价值。

有人说成功的人大都善于作秀，这是有道理的，因为你要是秀得机智，秀得真实，就能取得好的结果，就能轻易地被他人所接纳。

作秀就是在包装自己，就是在创造自己的品牌。善于作秀的人都是情商很高的人，这一点没有人不认同。这种人能够在合适的时间和地点，利用最合适的手段进行作秀。

不过，你在施展自己的情商时，最好不要丢失真诚，不要只顾圆滑，在八面玲珑的情况下丢失了作人的原则。这并不是唱高调，如果你身边的人把你的任何一个行为都当成是秀，你还怎么混得下去！

真实的人生不作秀，成功的人生也少不了作秀，有趣的是，这里所说的作秀和不作秀是同一个道理。

17. 江湖尊严

【画外音】

江湖里有尊严吗？

有，但不是索取来的，是打拼出来的，是靠实力和铁血搏出来的。

张文化在石建设面前一点尊严都没有，因为他几乎没有表现实力的机会，而且石建设也根本没兴趣搭理他。

那陈迎宾呢？

在石建设的眼里，陈迎宾非常重要，所以在下意识里就给了陈迎宾足够的尊严。

张文化最近比较顺心，自己手里的几项业务都打理得不错，石建设也很满意。他忽然觉得与这样的上司相处也很简单，因为石建设是一个很有性情的人，心情好坏都写在脸上，只要高兴就兴高采烈，此时你的工作没做好他也不会深责。但他若不高兴就一脸黑云，此时你就不要试图靠近他了，否则即使没做错事，也可能拿你出气。

掌握了上司的这个脾气，张文化的工作就容易多了。

石建设性情多变，而且变得极快，刚才是晴天，可能突然就转阴了，应付起来并不容易。这不，张文化汇报工作时，他接了一个电话，然后脸色就变了，马上就不耐烦地摆手把张文化给轰了出去。

电话是陈迎宾打来的，他在上海的一年时间到了，这些日子一直请求回北京。可石建设要求他再待一段时间，不要马上回来。陈迎宾提出一个条件，说在上海继续下去也可以，但要加报酬，要一年给30万，因为他马上就要被晋升为部门经理了，在那边的地位更重要了。石建设很反感别人同他谈条件，说不行，只能按原来的合同办。

电话中，石建设很严厉地说："我可没时间同你闲扯，你就给我老实待在上海，过一段时间我再调你回来。"

可是，没过几天，陈迎宾就突然回来了，而且是面色阴沉地出现在石红旗面前。

石红旗有些慌，没等陈迎宾详说，就找个借口离开了。

一会石建设来了，陈迎宾说一年的合同期已经结束了，给我兑现报酬吧，按照合同我现在应该拿到15万块钱。

石建设不给，还质问陈迎宾为什么擅自回来，并让陈迎宾立刻回到上海。

陈迎宾早有心理准备，他知道，石家兄弟不会很痛快地给钱，就说："合同已经期满，我没有必要执行了，这钱你现在不给也行，我过几天再来取。"然后就走了。

其实，强行回京是吕民族给陈迎宾出的主意。

陈迎宾在上海一直很痛苦，不是他的工作环境不好，而是这个"卧底"的不光彩身份让他时时芒刺在背。他甚至想过在上海发展，放弃回北京的打算，割断与石家公司的联系，但石建设一定不会答应。

陈迎宾感觉自己就是一头牛，被石建设牵着走，上了贼船后就无法下去。他想找人倾诉，把积攒了一年的郁闷释放出来。

在这件事情上，最让陈迎宾信任的就是张文化，他事后绝不会把自己的不光彩经历泄露出去，但张文化的城府还不如自己，恐怕不会说出实用的应对办法。

他又想到了李和平，但李和平过于厚道，对于这类事情，除了同情和跟着郁闷之外，也不能提供有效的帮助。

他又想到了吕民族，与这个人虽然交往不多，却感觉非常热情，是个乐于助人的前辈，这样一位长者应该不会把情况透露出去。

想来想去，陈迎宾就拨通了吕民族的手机。

果然，吕民族一听此事，马上就让陈迎宾回北京。他说陈迎宾在上海不会有任何出路，若想断绝此前的联系，在上海扎根，石建设就会报复。但就算回到北京，前途也不会乐观，石家兄弟不会再重用你了，因你就是他们做坏事的污点证人。现在最现实的做法，就是回来拿到应得的收益。

于是，在没有沟通的情况下，陈迎宾就悄然出现在石家兄弟的面前了。

石建设从老大那里回到办公室，就把一个手机卡取出来，扔到卫生间马桶冲掉了——此前他与陈迎宾联系时，用的都是一个专用号码，石红旗说不要留下任何痕迹。

这时张文化打来电话，说要汇报工作，石建设不耐烦，只说了句“没时间搭理你”。

张文化不明所以，郑海阳说：“董事长刚才回来时怒气冲冲的，把自己关在办公室里谁也不见，你可别去惹他。”

不久，张文化和李和平就接到陈迎宾的电话，说已经回到北京，又能一起做“北京梦”了，并约大家一起吃饭。

张李二人到饭店时，吕民族和陈迎宾正谈得热闹。李和平问陈迎宾，怎么到上海后就一下子失踪了，换电话号码也不告知，让大家担心。

陈迎宾叹了一声，说自己在上海每天都过着心惊肉跳的日子……吕民族马上打断了话茬，说陈迎宾刚刚去那里时，人生地不熟，肯定是紧张的，都顾不上打电话报平安了。然后陈迎宾就开始一通闲聊，说的尽是上海物价高、语言听不懂之类的话。

饭后，李和平说，感觉吕民族和陈迎宾俩人像有什么事情似的，张文化说陈迎宾从上海回来后，就到吕民族的物业公司上班了，都是老乡，吕民族关照陈迎宾，这也没什么不合适的。

过了几天，石建设打电话给陈迎宾，让他到公司取钱。这是石红旗安排的，他让石建设赶紧把这件事给平息了，免得再节外生枝。

陈迎宾来了，却没有收石建设给他的15万元钱。

石建设诧异，问为什么。

陈迎宾冷笑一声，说自己在上海期间整天心惊胆战，为了完成公司交给的任务费尽心机，怎能就给这点钱呢？

看来事情复杂了，石建设心里烦乱起来，厉声问：“那你想怎样？”

陈迎宾不紧不慢地说：“我在上海期间的劳动价值50万。”

“50万！陈迎宾，你要打劫啊？”石建设急了，大声问。

“不用急，准备好了再找我。50万，一分也别少啊。”陈迎宾说完就笑盈盈地走了。

从来没有人敢这样要挟自己，石建设火大了。

陈迎宾虽然按吕民族的交待，向石建设要50万元钱时，作出一副胸有成竹的样子，但走出石建设办公室后，就再也控制不住心中的悸动，那是一种既害怕又兴奋的感觉，害怕的是石建设那凶恶愤怒的眼神，兴奋的是对50万元巨款的憧憬。多种情绪交织的陈迎宾，表情扭曲地从郑海阳的工作台前走过去，丝毫也没有注意到郑海阳的惊诧表情。

郑海阳曾经听李和平说起过陈迎宾，她断定那个令董事长暴怒喊叫的，就是此人。于是就把她断续听到的石陈二人对话，说给张文化，她觉得这是一件很严重的事情，必须要让李和平和张文化知道。

这事也太离奇了，简直就是电视剧里的情节，不过郑海阳说得有名有姓，由不得张文化不相信。迫于事情的严重性，张文化马上就去找陈迎宾。

陈迎宾说，他是在索要以前的报酬，是石建设欠自己的。

“他怎么能欠你50万，你是不是同什么江湖人物在一起，做了见不得人的事情？那些人可不能碰，被染黑就洗不干净了。”张文化极为关切。

陈迎宾不说话，他找不到打消张文化疑虑的理由。

“这条路你走不通，你不是这块料，这样下去的话，肯定会惹火上身，那时就麻烦了，说不定会把你的小命给混没了。”

“你就别问了，你帮不了我，你没这个本事。”陈迎宾突然很烦躁，对张文化说：“别对任何人说这事，也别让李和平和郑海阳讲给别人，别惹麻烦！”

陈迎宾说完，就扔下既恼怒又关切的张文化，走了。

吕民族的物业公司管理的是一个已入住了五六年的小区，他这个经理做得很清闲，平时只是安排手下那几个保安、保洁和管理人员，收个物业费、看个大门什么的。陈迎宾来了以后，帮助吕民族处理一些本来就不多的杂事，吕民族就更清闲了，有时甚至好几天都不到公司，忙着在家炒股。

就住在这个小区里的李和平，问陈迎宾工作感觉怎么样。陈迎宾说，无事可做，可没事做也是件难受的事。老吕不上班的这几天，只好给自己找点事，组织保安，把一个很蛮横的业主散养的恶狗给打了，这样心里才稍稍舒服了一点。

李和平知道，那是一个无赖业主养的藏獒，像小牛一样，经常在小区里游荡，把小孩妇女吓得连哭带叫，还把值夜班的保安给咬了。吕民族一直不敢管，因为那业主相当蛮横。

陈迎宾打了恶狗，为业主除了害，居民们特别高兴，还凑钱做了锦旗。陈迎宾得意极了，觉得老吕一定很满意。

可吕民族却特别生气，说陈迎宾净找麻烦："你这年轻人，和那狗较什么劲，只想着出风头，实际这事对你有什么好处，俗话说无利不起早，那些业主能给你报酬吗？以后少给咱们惹麻烦，清静悠闲拿着工资多好啊。"

陈迎宾觉得吕民族挺有道理，虽然业主们很感激，但自己并没有得到什么实际利益，这样的傻事以后真是不应该干了。

吕民族这里很清闲，但陈迎宾却不喜欢，就想换个地方，吕民族极力挽留，说你现在与石家兄弟的事情还没搞利索，正好在我这里处理那事。可陈迎宾还是决意要走，吕民族只好说年轻人就是浮躁，走就走吧，不过有了心事可以随时找我，尤其是石家兄弟那方面的事，我会帮你帮到底。

过两天，吕民族又找到陈迎宾，说一位朋友的文化公司正好需要会做文案和设计的，就推荐了你。

陈迎宾过去一看，这家公司并不大，老板陈迎宾以前倒是听说过，那人自称成功学大师，日常的工作就是到各处去为企业员工演讲。由于媒体朋友多，又特别重视宣传，这位成功学大师的知名度还是很高的。

初到公司时，接待陈迎宾的是一位长得非常漂亮，神情却异常冰冷的小姑娘。后来才知道，这小姑娘是董事长的女友，员工都叫她张总。

这漂亮小姑娘讲话的语气同神情一样，都是那么冰冷：“既然你是吕总介绍来的，我们就不必考查职业经历和能力了，但你现在还不能马上适应我们公司的工作方式，先给你一些简单的工作吧。”

她把一摞纸甩给陈迎宾，说：“这是董事长写的一部分书稿，你去整理一下，把格式、语句方面的问题都找出来改掉，完成后立即交给我！”

这太容易了，陈迎宾就说；“这个我能做好，我想我与公司的合作一定会很顺利的。”

陈迎宾本来是想表个态，表示自己愿意服从公司的安排，哪怕最简单的事情也要做好，可他的表态却没有得到预期的回应，那小姑娘反而瞪圆眼睛说：“什么合作？公司只是聘用你，别把关系搞乱了，去到位置上开始工作吧。”

小姑娘把陈迎宾说得脸上直发烧，他感觉对方俨然成了一个锄奸诛恶的女侠，而自己则变成了一个刚刚做了坏事的恶人，被对方打败后踏在脚下求饶。于是，一股屈辱感就从脚底蹿到头顶。

不管怎样，这头一项工作还是要做得漂亮一些，陈迎宾就拿出了拼命的劲头，白天没做完他就把工作拿回家中，晚上赶了个通宵，第二天一上班，就把完成的书稿交给张总。

这份书稿是董事长以成功学大师的身份，受邀给企业员工进行演讲的发言内容。由于内容都很通俗，整理起来并不费劲，陈迎宾还特意附上了自己在整理书稿过程中的一些感受和建议。

不久，陈迎宾就被张总叫去了，她说："那稿子我看了，还可以。不过你另外写的那些感受和建议都是什么东西呀！你要明白，公司并没有安排你干那些事，别把精力都浪费在那方面！"

额外的付出竟然还受到了严厉的批评，陈迎宾挺委屈。

"瞧瞧你写的这些东西，"张总的脸上更冷了，"你说董事长的发言中'十年之中亲自跟踪访问了三千多位世界顶级成功人士，同这些人密切交往'显得有些过头，让人看上去觉得虚假。怎么就过头了，我们不就是夸大了一些数据吗？不这么说还能有气势吗？要是不这样说，给人家演讲成功学时谁能服你！"

"你还说书稿中，说董事长自称成功学一代宗师是不合适的。你也是个二十多岁的人了，怎么连作秀的道理都不明白？董事长搞成功学培训都快有三年了，谁听了他的演讲都心服口服，这就是作秀的效果，你不宣传自己是成功学的一代宗师，谁还愿意花钱请你去演讲？"

本来陈迎宾就是一个心高气傲的人，可今天却遇到克星了，他被对方全方位地压制住了，并且压得喘不过气来。

漂亮张总还在说："不管是谁，想在公司干就得放下身段，把以前的经历给忘掉，别再提什么建议了，你还要记住，公司的文化就是作秀，这是董事长说的。全社会都在作秀，你不作秀就活不下去，更别说混出个人样来了。你要是不会作秀的话，就别在公司干了，混不下去的！"

陈迎宾被训斥得很难受，世界怎么阴暗到了这种程度，就连眼前这个看上去不经世事、既漂亮又单纯得近乎白痴的小姑娘，都是厚黑老手。想正经做些事情怎么如此之难，难道非得逼得我去坑人骗人才好吗？再说了，要做那些江湖生意我何必还跟着你们呢。

陈迎宾不想说什么话，转身就走了。

【内心独白】

陈迎宾说

自从到了上海，我就感觉自己变成了一头牛，被石建设用一根绳子拴上牵着走。可没办法，上了石建设的贼船就下不去了，每天在上海都过着心惊肉跳的日子，所做的事情如果被人发现，后果就不可收拾了。就这样起起落落的心情，却不能同任何人述说，这郁闷也越攒越多。

这能怪谁？谁也怪不着，要怨就怨命不好，没有遇到一个好爹，一切靠自己吧！

后来，我没收石老二给的15万块钱，想的是既然做一回就做个大的，要15万和要50万没有两样，何况对石家兄弟来说，50万又能算得了什么？他们的网络游戏把玩家们整天拴到电脑屏幕前面，让玩家不停地给他们账户里充钱，日进斗金，我这不过是劫富济贫。

石建设说

陈迎宾这货不守江湖规矩，麻烦大了，没想到被这个穷鬼给算计了。可是他走了眼，我是被吓大的吗？我对肉麻的吹捧没有抵抗力，经常在它面前瑟瑟发抖，但就是不怕威胁！

张文化说

其实这些天心里很难受，为的就是陈迎宾，他变了，心里被一层阴暗之气给笼罩了，已经踏入江湖。江湖里凶险万分，你用江湖手段对待别人，别人也会用同样的手段对付你。我想告诉陈迎宾，这条江湖路走不通，他不是这块料，可他说什么也听不进去。要是这样下去的话，说不定什么时候陈迎宾就会惹火上身。

眼看他走到死胡同里，我却束手无策，难受极了！

吕民族说

一开始，我怎么也想不到陈迎宾的身上还背着这样一个巨大的秘密！也想不到石建设这么傻，会把公司的命运和前途交给一个他无法控制的小孩！如果有人用这事做文章，他的公司甚至可能垮掉。好在别人不知道这事，而我虽然知道了，却没有这个兴趣，我可不想搞垮人家，我没那么坏。

不过，我也自有打算，所以才给陈迎宾出主意回北京，并且把这孩子拉到身边。

【画外音】

我们都看出来了，陈迎宾已经踏入了复杂的江湖之中，他已经在用江湖手段为人处世了，这很危险。

不过，他走得还不远，这时的他还想从事正经工作，试图通过正当方式来证明自己的能力，可是，当他在正路上遇到挫折以后，就归咎于社会环境，虽然他也清楚这个社会没有逼着他去做江湖生意，但他还是选择了另一条自认为能够证实力量的道路。

其实在很多时候，人们崇拜的并不只是金钱本身，过分地看重金钱只是表面上的现象。本质上，金钱只不过是用来报复的工具罢了，是在用金钱来实现某种内心的想法，那想法才是本质。

可以说，金钱就像是一支无坚不摧的利剑，可以用它来洗雪曾经的耻辱。另外，金钱也可以成为坚固的盔甲，内心柔弱的人，可以凭借着这层盔甲来保卫自己，免得受到伤害。

但利用金钱实现梦想的人，在痛快的同时，很可能仍然痛苦，因为结果不一定能让他们满意，一定程度的满足之后，仍然会感到失意。根源就在于，有些问题是不能用金钱解决的。

追逐财富这种行为当然是正当的，通过支配金钱来实现梦想，这也无可非议。可是你必须得了解内心最真实的需求到底是什么，不能总是受着外界环境的刺激，一辈子都在为物质做苦工。有人受到刺激以后，就会在心里暗自发狠：“等着吧，将来我有了足够的金钱和权势，就回来找你，把你踩在我的脚下，让你也体会一下我现在的卑微。”

这种想法或许会成为动力，但给自己订立的奋斗目标，又无异于与虚无缥缈的势力竞争，因为并不是为了自己而活着，是在为了别人而努力，最后实现的可能性也微乎其微。

陈迎宾去上海之前，所订立的事业目标就不属于自己，是为了做给女友看，只是出于一种报复心理。对他来说，成功只是用来装饰人生的，只是用来满足他的虚荣心。

走正路遇到的挫折，以及使用江湖手段带来的快感，慢慢地引导着陈迎宾，向着他自认为能证明能力的路上走去，或许他会实现自己的梦想，但也可能被一种不切实际的欲望驱使，在一步步实现欲望的同时却倍感痛苦，总是受困于一种强烈的报复欲望。

一个内心被阴暗气氛所笼罩的人，是很难坦然面对人生的，更很难享有平和和宁静。

张文化和李和平、陈迎宾这样的京漂，在各种环境条件的刺激下，经常反观自己的内心，搜寻那些幼稚的不合时宜性格的蛛丝马迹，这几乎是京漂的特点，当然也是在其他城市漂泊的人的共性。找出那些问题后的反应就不一样了，有人时时懊悔，有人暗自愤恨，有人攥紧拳头较劲，有人思考如何改变。

或许有人说，我就是一个城市中的漂泊者，我从来都很坦然，从来也没有彷徨过，也从来不因此而困窘，城市中的一切变化都不会对我形成不良刺激。那可要恭喜你，你已经成功地脱离了漂泊者的行列，多少有房有车的城市外来漂泊者都没有这样的心态呢。

18. 不知好歹

【画外音】

对于所有人来说，大多数时候都是不知道好歹的，都是黑白不分的。

你不相信？

走着瞧吧，说什么都没用。

一连几天，张文化的心情都很不好，他对陈迎宾很担心，一想起这事就心烦意乱。他无法理解，陈迎宾怎么一下子就跑到另外一个世界去了，完全看不懂是一个什么样的人了。

下班了，他满腹心事地出门。郑海阳叫住了他，求他帮自己挑选个礼物给李和平，感谢李和平对她的照顾。

张文化说这事可要慎重，不然会让李家嫂子吃醋，你的和平哥就没法和平了。之后又问她，心情怎么这么好，才工作不久就想着送礼物。

郑海阳很兴奋，说虽然工资不多，但董事长特别给了笔奖金，并且还送了一个挺不错的包呢。

“石建设怎么突然对你这么好？又发奖金又送包的。老板对于一个并没有作出过突出贡献的新员工这样，你觉得正常吗？”

“这算什么，他是大老板嘛。几万几十万块钱你觉得很多，可对于人家来说，就像我们花几十块钱一样。人家随手从口袋中一掏就是一把，不管多少就扔给你了。有钱人是不管钱多钱少的，只是心情而已。再说了，既然是白给的我为什么不要，傻了啊？他又没要我做什么。跟有钱人在一起就是这样，保持平常心吧你。"

郑海阳觉得这事情很正常，可直觉告诉张文化，其中一定有异常，他更是担心这个涉世不深的小姑娘被石建设给算计了。

张文化知道，石建设心里相当花哨，汽车副驾驶座位上同他眉来眼去的女性，每天像走马灯一样，对他来说，换女人就像换衣服一样。

张文化立刻就把这事告诉了李和平，李和平得知后，比张文化还要担心，因为郑海阳的父母临走前，特别叮嘱自己照顾郑海阳。

李和平生怕郑海阳出事，就急三火四地把他的老师叫到北京。郑家夫妇一来，就坚决要求郑海阳同他们一起回家。

但郑海阳更坚决，她不走，要在北京发展自己的事业。而且说，死也不回去，如果一定要她回去，只能带她的骨灰回去。

郑老师流着泪，不停地劝说，郑海阳也流着泪，低头不说话，她是铁了心要留在北京了。李和平束手无策，凄然地站在他的老师身后。

最后，实在没办法的郑家夫妇叹着气走了。

石建设给陈迎宾打来电话，说要同他谈一下那钱的事情。可陈迎宾的反应却很出石建设的意料，他说自己这些天事情太多，实在忙不过来，没法抽出时间见石建设，如果石建设把事情安排好了，就去找吕民族。还告诉石建设，吕民族只是自己的一个朋友，对那事并不知情，只把钱交给吕民族就行了，吕民族会把自己亲笔打的收条交给石建设。

最后，陈迎宾把吕民族的电话号码告诉石建设，并说用不着对吕民族说什么，他什么都不知道，要是说得多了，反而会弄巧成拙的。

电话这边，石建设呆坐良久，才去石红旗处。石红旗得知了过程，就说这事情更复杂了。

的确，这件事情是变得复杂了。原因就是吕民族给陈迎宾出主意，要陈迎宾从明处走到暗处，躲藏起来。不然，这50万没拿到之前，陈迎宾可能会受到石建设的威胁。由自己假作不知情，出面与石建设交流，这样就会主动了。

陈迎宾更佩服吕民族，心里说，这姜真是老的辣。

郑海阳刚刚把父母送上回家的火车，就接到了石建设的电话，一听石建设要请吃饭，她马上又兴高采烈了。

吃饭时，她问石建设："我爸妈说社会太复杂，好多有钱人都喜欢玩弄年轻女性，您应该不会是这样的人吧？"

石建设板起脸，说："论年纪，我比你爹妈也小不了多少，你可不应该同我开这样的玩笑。再说，我女友再多，也都是朋友，怎么会玩弄呢？"

郑海阳看石建设的神情，竟然有一点长辈般的威严和关怀，就羞愧起来，感觉自己是以小人之心度君子之腹了。

后来，聊起那天与陈迎宾吵架的事，石建设就问郑海阳，是否认识陈迎宾，还问陈迎宾与张文化是不是最要好。

郑海阳说，听和平哥讲张陈二人的关系特别好，无话不说，互为最亲近的人，就像亲兄弟一样，即使好长时间不讲话，关系还会一如既往。还听说，现在陈迎宾和吕民族的关系很密切，两人经常在一起。

石建设点点头，从包里掏出一部手机，送给郑海阳。

郑海阳有些诧异，说这么好的手机，不好意思要。

石建设故作生气的样子，说：“你这孩子，怎么这样不懂事？难道我会有什么企图，只是朋友之间的友谊就不能送吗？”

张文化得知郑海阳又收了石建设送的手机，就更担心了。他对郑海阳说，二老板并不二，他要是没有企图，就绝不会白送任何东西，你可要小心。

郑海阳不以为然，说这只是个人友谊而已，别把二老板想得那么色。再说了，他身边并不缺少女人，比我漂亮的女人那么多，狼少兔子多，他看不上我的，你就放心吧。

看郑海阳那故作老成的样子，张文化更是担心，想了好久，最后下决心去找石建设谈一下。他觉得自己有义务为李和平分忧，同时也不忍心看郑海阳这个小同乡被石建设玩弄。

可张文化才说了一半，石建设就厉声说：“这事不用你管，去忙自己的事情吧！”

石建设一瞪眼，张文化事先准备好的说辞就都忘记了，只好唯唯诺诺地退出门。

石建设看着张文化狼狈的身影，微笑着咕哝了一句：“狗屎！也不掂量一下自己的身份。”

不久，郑海阳就从同学的宿舍搬了出去，住进石建设借给她的房子里。

张文化说不要搬，这么做不合适。郑海阳却说这是公司的福利，是给她的宿舍，并嘲笑张文化像个唠叨没完的老奶奶。

【内心独白】

石建设说

张文化这货就是个狗屎，我越看他越讨厌，为了郑海阳的事还跑过来教训我，你大爷的，真不知道好歹！忘记是谁给你发工资了？

郑海阳说

二老板平白无故发奖金，送名牌包和手机，我不是傻子，当然知道他想的是什么。

但文化哥也太神经过敏了，这事算什么呢？二老板纵然有千言万语，我也有一定之规，想轻易占我的便宜，哪有那么容易？

他是大老板，有好多钱，可人家花掉几万就像我们花几十块钱一样。你不要以为给了你一点钱物就是多么大的人情，对于有钱人来说，这只是很随便的一件事情。很正常，不必大惊小怪的，更何况是白给的，为什么不要呢？

张文化说

石建设很坏，看来陈迎宾就是他给拉下水的，现在郑海阳又走进了他的圈套。这世道，为什么坏人却能活得如此逍遥？

李和平说

社会复杂，江湖凶险，我真恨自己，许多想做的事不能做，应该做的事却不敢做。

【画外音】

石建设微笑着骂张文化是狗屎，这并不奇怪，因为他从来都没有把对方当成一回事。

石建设有时面带微笑，这会让张文化好受一些，工作起来轻松一些。石建设更多的时候是阴沉着脸，那张文化就得小心翼翼，生怕石建设把脾气发到自己的身上。可不管什么表情，反应的都只是石建设随时而变的心情，不是对张文化有没有好感。

这样的工作是很难受的，可是人在矮檐下，怎能不低头？更何况是在石建设这样乖张的人旁边，不低头怎么行？

张文化不忍心看郑海阳被石建设玩弄，想了好久，最后才鼓起十分的勇气，下定决心找石建设谈一下。可石建设才一瞪眼，他就把先前准备好的说辞都给忘了。这说明张文化相当不成熟，他不知道自己在石建设眼里什么都不是。

这种情况下，张文化只有两种选择。

一是离开，不再侍奉石建设，但这需要勇气。你张文化并没有多么强的实力，也没有多少能够证明自己的业绩，目前的工作岗位与你的能力、业绩相比较，应该算是很难得的了。同时这又是一个可以锻炼能力的机会，还可以在工作中积累人脉，离开以后，还能再找到这么好的工作岗位吗？

另一种选择是忍气吞声，说石建设爱听的话，做石建设喜欢看的事情，讨石建设的欢心，不要再试图令上司不高兴，把自己的真性情收起来，一心为自己捞好处就是了，等本事大了，再考虑离开。或许石家兄弟一高兴，把张文化提拔到更高的岗位，给予更好的待遇，那时就更不需要考虑离开了。

张文化是反应慢一些，但并不傻，他似乎知道自己应该怎么办了。

19. 无妄之灾

【画外音】

算计，然后被算计，然后明白了，然后继续被算计。

身在江湖，就是这样。

而职场，也是一种江湖。在这里，经常被侮辱的不止是你的智商，必要时连自尊都要搭上。你是白领，白领怎么了，很值钱吗？告诉你，所谓的白领就是看上去人上人，干起活来人下人的那群人。

郑海阳的父母又来北京了，是李和平叫来的，李和平说这次一定要把郑海阳给弄回家，不然这孩子的一生就完了。

张文化同郑家夫妇、李和平夫妇，一起到了郑海阳的住处。可不管大家怎么劝，郑海阳仍然只是一个态度，就是不回去，绝不在那个小城市里很憋屈地生活。若一定要她回去，就拿一个盒子来，装骨灰带回去。

李和平的老婆也说："小妹听我说几句吧，小城市有小城市的好处，就拿你和平哥来说，他的收入在咱们老家算是上等的了，可在北京，维持一家人的吃喝都费劲……"

"算了吧，你也有资格教训我？"郑海阳突然发脾气了，"和平哥要是在老家工作，能有这份收入吗？好工作好福利好资源都集中在北京这样的大城市，我为什么要走回头路？"

这里正吵得热闹，石建设来了，李和平就请石建设劝郑海阳。

李和平是想石建设一定会有所表现，至少会客套地劝郑海阳尊重父母的意见，然后他们就可以就坡上驴。可石建设一点都不配合，却冷笑着说："小郑已经是成人了，她应该有选择的自由吧？"

郑父左右不了女儿，见石建设这样表态，无助中又增添了悲愤，他突然给石建设跪下，说："求求你放过我女儿吧，你有那么多钱，想干什么都不费劲，何苦非得要我女儿！"

石建设还是冷笑，说："笑话！我想干什么？只是给员工提供好的生活工作条件而已，一片好心却被你们当做驴肝肺了。"

看石建设阴冷的表情，张文化有点发憷，但还是说："董事长还是把小郑当成一个普通员工吧，她太单纯了……”

石建设回头冲张文化瞪起眼睛：“说什么混账话，你不想干了？”

张文化更胆怯了，又不知说什么好了，过一会才说：“其实她还只是个孩子呢，咱们怎能忍心看着她的父母整天提心吊胆地生活？”

大家你一言我一语，郑海阳却突然声嘶力竭地哭喊道：“我不懂事，也不配和你们一起做好人！”然后一把拉住石建设的胳膊说：“带我走，我不要再见到他们！”

石建设就拉着郑海阳，摔门而去。

李和平等几个人，被这突然发生的情况惊住了，面面相觑。

石建设一手开车，一手搂着郑海阳的肩，说：“他们都是死脑筋，不可能理解你。我知道你是一个有事业心的人，我就愿意帮助你这样的人。”

郑海阳长出一口气，说：“我不想回去，不喜欢过那种沉闷的生活。”

在吕民族的安排下，陈迎宾把球踢给石建设，然后就由明转暗，静等石建设那边的消息。可是等了十多天，石建设那边却一直没有什么反应。

陈迎宾忍不住了，就找吕民族，吕民族说：“没关系，那小子虽然外表沉着，可是内心一定比我们更紧张。也好，既然他不出手，那我们就刺激他一下吧。”

于是，石建设的电话就响了，陈迎宾告诉他，现在手头没钱花了，只好去一家网络游戏杂志上班，因为手中掌握的业内信息比较多，所以杂志社特别欢迎。不过，要是能马上兑现上海之行的报酬，就不用上班了。

石建设还是习惯性的一声冷笑，然后说：“陈迎宾，你给我听好了，别威胁我，我一分钱也不会给你！”

陈迎宾有些沉不住气，一旁的吕民族却胸有成竹：“好了，那小子就要出手了，咱们等着看他表演吧。”

这天，张文化一上班，就远远地看到有两个警察在石建设的房间。

过了一会，石建设打电话给张文化，让他叫上郑海阳，一起去会议室。张郑二人到了会议室，石建设和警察已经在等他们了。

一个警察问张文化：“你有石总的钥匙？”

“有。”

“昨天下班时，谁最后离开公司的？”

“是我和郑海阳一起走的。”

警察又问郑海阳，郑海阳说：“我们是一起出门的，后来文化哥接了石总打来的电话，就让我先走，他又回公司了。”

说到这里，石建设就一摆手，让郑海阳出去了。

郑海阳不知道发生了什么事情，吓得心怦怦直跳。

过了一会，她看到警察竟然把张文化给带走了，瘦弱的张文化带上了手铐，魁伟高大的警察抓住张文化的手臂，就像拎只小鸡。郑海阳很害怕，赶紧跑去找石建设。

她问石建设，警察为什么带走张文化，石建设没直接回答，而是说他有5万元钱没了，昨天下班前还在，可是今天一上班就发现不在了，去保安室查看监视画面，发现是张文化打开了放钱的抽屉。

郑海阳连忙说：“不会的，文化哥不是那样的人，石总您相信我，去同警察说一下吧。”

石建设叹口气，很无奈：“我一直都挺关照他，把他从一个刚刚入职的普通员工，一下子提升为董事长助理，就是看他老实可信，没想到他却……我只是让他取一个文件，谁知他看到文件下面的钱就见财起意了。”

石建设表现得痛心疾首，边说边摇头，之后又拉着郑海阳去保安室看视频。郑海阳在画面中看到，张文化进了石建设的办公室，直接去拉开抽屉，取走了一个大信封。

这信封里装的是5万元钱？郑海阳很疑惑，她还是不相信张文化会做出这样的事情。

一听说张文化出事了，李和平急得不知怎么办好。陈迎宾比较冷静，他根本就不相信张文化能做出这样的事情来，说："别说5万块钱，就是50万块的吸引力，也不足以把张文化从他一直坚持的正路拉下来，事情肯定没这么简单。"

陈迎宾想了想，就躲开李和平，给石建设打电话，问那钱准备好了没有。

石建设说钱可以给，但只给此前答应过的15万。

陈迎宾再问："张文化的事情是你安排的吧？"

"你说的话我听不懂，要是还想要钱，就过来取，不要就算了！"

石建设虽然不承认，可陈迎宾已经从对方语气中听出了端倪，不过却不知道如何应对，只好去找吕民族。

吕民族说："你就不应该去和石建设联系，要让他主动来找我们才是。现在还是要等，看一下情况再说。"

"可张文化还被关着呢，我们就少要点吧，就跟石建设要30万好了。"

"不行，现在咱们这口气一定得憋住了，不能对手一挑动就跳出来，那就前功尽弃了。现在看来，这事情很可能是石建设安排的圈套。从郑海阳了解到的这些情况来说，石建设的证据并不充足，要是这样，用不了多长时间张文化就可能放回来。"

的确，石建设并没有把张文化置于死地的理由，所以应该不会下狠手。

话虽这么说，陈迎宾心情还是起起落落的。

当石红旗得知张文化的事情后，把石建设叫过去就是一顿骂：“你真是够二的，又在耍那缺心眼的小聪明，你以为别人都会像你一样想吗？如果陈迎宾不理你，警察又因证据不足把张文化给放了，到时候看你怎么收场。”

石建设不以为然，对自己的安排还是很有信心，他本来只是想通过这事刺激一下陈迎宾，至于张文化是被继续拘押还是被放回来，他根本不在意。

石红旗很了解这个不成器的弟弟：“你就是个成事不足败事有余的东西，以后再也不许耍这样的小聪明了！你现在风光，可要这样下去就风光不了几天了，连我和全公司都要跟着你倒霉。你得明白，上天是公平的，不可能因为有钱有权势就让你的脑壳也变硬！你再这样玩下去，说不定哪天就把自己的小命给玩丢了！”

事情的发展果然被吕民族给说中了，由于证据不充分，张文化被放了出来。

陈迎宾、李和平去接张文化，在派出所门前，看见石建设带着郑海阳也到了。郑海阳浓妆艳抹，俨然就是石建设身边众多女伴中的一个了。

张文化出来了，才两天的时间，就变了一个人，面色憔悴，同谁都不说话。石建设过来说：“这两天我一直都在忙着安排你的事，总算没白忙，现在终于出来了……”张文化也没理他，甩开众人，直接走了。

陈迎宾追上去，张文化却冰冷异常，边走边严厉地说：“别跟着我。”陈迎宾自小就同张文化在一起，从没见过他这样冷峻。

石建设走了过来，低声对陈迎宾说：“小兄弟，你应该先去测一下智商，然后再来和我较劲。别耍小聪明了，那样会害了自己的。上天对谁都是公平的，不会因为你掌握什么优势就让你的脑壳变硬的。”

陈迎宾说：“你回去和老大说，给我40万，以前的事就结束了。”

张文化直接去了公司，他要找石红旗。秘书与张文化很熟，告诉他现在大老板心情不好，正在对老武发脾气，让他稍等一下。张文化在门口停了一下，听石红旗在里面说：“让你帮我看着老二，可你怎么就不用点心，你是看着他长大的，他想什么你不明白吗？”

老武小声说了句什么，石红旗更咆哮起来：“你白活50多岁了，老二就是一个缺心少肺的浪荡公子，你怎么能看不出来？把他放到你身边，就是为了让你帮我教导和约束他，你既然管不住他，那就回家抱孙子去吧！”

过一会，老武满面通红地走了出来。张文化没理老武，也没等秘书通报，就直接进去了。

拘留期间，张文化煎熬得脸色焦黄，眼睛通红，他这样子突然出现在石红旗面前，让石红旗吓了一跳。

没等石红旗说话，张文化先开口了，并且是毫不客气：“石建设陷害我这事情你知道吧？”

石红旗没有准备，只是看着张文化，没有反应。

“傻子都知道，显然我是被陷害的。那天下午下班后，我都出公司大门了，石建设又打电话让我回到他办公室取文件，第二天他的钱就没了。过程安排得如此愚蠢，不是石建设还有谁能设计得出来？”

“不管怎样，这事情说明了一个最严重的问题。”石红旗的眼神中出现了张文化从来没见过的迷离，“问题就出在你们俩人之间的沟通上，要是你们能沟通到位，能有充分的理解和信任，或许就不会出现这样的情况了。”

“你竟然不认为这是石建设的人品问题，只当做是个沟通上的小情况？”张文化愤怒了。

石红旗的眼神突然不再迷离，脸上又恢复了平时高傲与嘲讽混合在一起的神态，说话也顺畅了：“古话说‘何意百炼钢，化为绕指柔’，柔韧才是最理想的人生状态。其实，这件事也是人生的一个难得的磨合机会。年轻人嘛，在成长过程中少不了这样的磨难，当做是一个历练过程吧。把自己练得更加柔韧一些，这辈子都有好处的。”

看来石红旗想袒护石建设，回避问题。张文化一下子就泄气了。他在来公司的路上，想了好多种石红旗的反应，只是没想到，他也会像为孩子护短的农村妇人一样，不面对问题的实质，反而找个理由说对方的不是。

张文化原本不想追究石建设的责任，他在路上已经想好了，只要在石红旗这里得到公正的安慰就可以了，然后请求调离石建设，回到老武那里继续做图书策划编辑也可以。

现在，一种委屈和失望的情绪笼住了张文化，他不说话，就用通红的眼睛盯着石红旗。

石红旗尴尬了，良久，才说：“放你几天假，回去休息一下，忘掉这事情吧。回来后鼓足热情，为了自己，也为了公司，好好干。我需要你这样的人才，不然也不会多次提拔你。”

显然，整个事件就是石建设一手策划的，从石红旗的态度里，张文化得到了间接的确认。

石红旗显然是清楚整个过程的，但他却只想袒护石建设，人家是亲兄弟，石红旗再成功也是个凡人，这么做也无可非议。想到这里，张文化愤懑至极，就说：“好吧好吧，你就任你的好兄弟胡作非为吧。我看用不了多久，他会比我更惨，你就让他胡搞吧。从现在开始，我辞职了，不想继续在这个污浊的地方待下去了。”

张文化从来都很恭敬，现在一发飙，倒让石红旗一下子反应不过来了。

【内心独白】

石建设说

张文化这个不知好歹的货，要不是一次又一次地刺激我，我还不会轻易下决心算计他，他这是自作孽不可活。不过我也没做绝，只是利用这事来打击陈迎宾，顺便在他身上发泄一下而已。

张文化说

石红旗是我一直都特别尊重的人，他对我很好，一直很看好我，也很尊重我，可是这次石建设陷害我，石红旗却说问题出在沟通上，要是沟通到位就能有充分的理解和信任，就不会出现这事情，这不是胡说吗？

让人愤怒的是，他竟然不认为这是石建设的人品问题，只是说我的沟通工作没做好！你想袒护石建设，回避问题，那你直说就是了，何必再找个理由说我的不是。

我的内心全都是委屈和失望，这叫我怎样继续待下去，既然你们兄弟二人都是一样的，那我也就没有再待下去的必要了。

郑海阳说

我的想法是有道理的，不想回到老家那个小城市，是不愿意很憋屈地生活，不愿意再过那种沉闷的生活。你们能在北京，我为什么就得回去？这里有好工作，有高福利，有好资源，我为什么要离开这里，为什么要走回头路？只因为这里有石建设吗？哪里没有这样的人，老家那个小城市里就干净吗？再说了，人家石建设至少对我是真诚的。

陈迎宾说

我当然不相信张文化会做出这样的事情，傻子都知道，他是为了我而被石建设陷害的。我一定会把石建设泼到张文化身上的脏水、造成的伤害，一点不少地还给他！

石红旗说

老二太二了，总是在耍小聪明，甚至笨到设计出这样的事情，真是成事不足败事有余！如果这样下去，全公司都要跟着他一起倒霉。生意上的事情，再难我也可以处理好，但却不知道怎样安排老二。

【画外音】

本质上，石建设只是一个非常自以为是的富二代，与老大石红旗完全不一样。

当石建设从学校里走出来，石氏企业已经规模很大了，他不需要像石红旗一样创业，也不需要主动地做什么。石红旗相当疼爱这个兄弟，理智让位于亲情，就让刚刚走出校门的石建设做了传媒公司董事长。

其实这害了石建设。

慢慢的，在周围阿谀奉承之人的影响下，他越来越强势，越来越自大、乖张。石红旗看在眼里，急在心上，但已无法挽回，就只好让一直跟随自己的武友谊做石建设的副手，帮助自己看管和引导石建设。可这并不管用，虽然武友谊很用心，但石建设不听他的。后来发现了张文化以后，就派到石建设身边，试图影响他，但在石建设这只大老虎面前，张文化连只猫都不是，想施加影响？没任何作用。

相反，在身边一群狐朋狗友的撺掇下，石建设还想出了向同行派商业间谍的招数，并背着石红旗派陈迎宾去上海，差点毁了石红旗精心打造的局面。

其实，自以为是这心态，我们每个人身上都或多或少地存在。有时也会因此而影响职业发展，影响人际关系，不能不注意。

都说"自以为是不自明"，这很有道理，经常是你还没感觉的时候，有人已经不喜欢你了。并不是你的情商不够高，并不是你对他人态度不够好，只是由于自以为是，不经意间太苛刻，大家同你在一起就会感到别扭。

都说财富、权势应该与责任相符，这话是有道理的。你有钱，也有权，就得负起相应的责任，为人做事就得慎重，肆意乱来就会坏事。

石建设从石红旗那里，轻易获得了一个年轻人梦想的一切，可是唯独没有接过责任。于是想做什么就做什么，不仅把陈迎宾派去上海做了卧底，为了警告陈迎宾，还打击陷害张文化。如此做事轻率，不计后果，原因就在于权力太大，没有责任心，也没有道德和正义感。

石红旗很为这个兄弟担心，他知道石建设就是一个自以为是的人，本事不大，却总爱耍一些小聪明，用以证明自己的能力。石红旗说得明白，上天从来都是公平的，在给了你财富和权势的同时，并没有给你一副钢筋铁骨，不然普通人就没法与你竞争了。

石建设的行为让石红旗极为担心，怕总有一天害了自己和石氏企业。

石红旗本来是比较看重张文化的，但他更要维护石建设的利益。多数人的内心深处其实都难以脱俗，石红旗也是如此，所以面对张文化的质问时，才顾左右而言他。

人都是在不同的场合扮演着不同的角色，有的人在扮演各种角色时，并不考虑观众的感受，肆意作为，就如石建设。而有的人在做事时，则习惯性地掩饰和伪装自己，从来不把本性赤裸裸地摆在你面前，这也算是一种风度，但你的风度有了，人与人之间的尊重就少了，或没了，就如石红旗。

每个人都需要考虑自己的切身利益，这无可非议，这就是游戏规则。可更基本的规则是，考虑自身利益的同时也要考虑对方的利益，尤其是事件相关人的利益，要是只顾自己不管别人，矛盾就会越来越大，最后甚至发生崩溃。

石红旗是个什么样的人？平心而论，他应该是张文化的贵人，石红旗是为了石建设而掩饰真相，张文化不能因为石建设的缘故就痛恨石红旗。人生中有太多无奈的事，张文化现在更需要做的是，在这个无奈的情况下，如何摆脱不利局面。

现在，张文化知道了人际关系也有“档次”、“价值”标准，与人交往的时候也要时时戒备，以免被利用。既然石家兄弟都是一样的不真诚，那就不再需要认真对话，所以他就辞职了。

张文化一直认为，付出就一定会有相应回报，再加上对石红旗的感恩戴德，所以一直都在努力。现在受到突然的打击之后，才清醒过来，不能总是低头走路，还要经常看一下前方的目标和左右的风景。

对于做人，张文化此时又有了另外一层理解，也更明白了人与人交往的现实性。虽然他没有找到石建设陷害自己的必要性，但从石红旗那里出来后，就决定不再想了，也不再问了。下一步应该做的，是努力完善自己，抱怨和谴责没有任何用处。

下篇

20. 君子之风

【画外音】

看到了太多的算计，让人觉得这世道简直不让人活了。其实不然，好人也很多，并且也有好报。而且有不少很牛的好人，可以不管环境如何嘈杂如何险恶，都能把自己的日子过得风生水起。

回到家里，一种强烈的失落感还是笼罩在心头。半地下室的小窄窗子透过来一小缕可怜的阳光，让张文化更难受。他突然随手抓起一本书，朝那窗子甩过去。既然你不能让我温暖，还透过小窄窗子来挑逗我做什么？

李和平来了，他看到小屋子里，张文化坐在床上，焦黄的脸，蓬乱的头发，通红的眼睛，煞是难受，就说："干净的地方和厚道的人肯定会有，可我们很难碰到，这也正常，别再想那事了。"

张文化笑了一下，笑得有点惨，不过多少有些释然："你也不用开导了，这两天在里面关着我也是难得清静，都想好了。我不想再去求职了，自己干，做个图书工作室吧，过去做励志类的图书经验还是有的。"

李和平说这并不容易，现在，满眼都是八股式和八卦式的成功励志书。说起这类话题，李和平如数家珍，也不管张文化是什么心情，就聊了起来。

他说八股式励志书就是多少年来一直传承下来的极端理论式励志书，你翻开这样的书，就能看到一套又一套非常全面还非常严谨的成功励志理论，如果在大学里开设了励志专业，这些书就完全可以作为教材使用。在书中，把理论掰开又揉碎了讲给人们，你在看书的时候就像身处学堂中听老师讲课一样。

读者对这样书的感受，就同嚼蜡一样。没有谁愿意看这样的书，因为谁都不愿意犯这份贱。

大家从幼儿园开始，然后从小学、中学、大学，一路走到企业中，从来就离不开关于成功励志的理论教育。家长教育，老师开导，领导训诫，这还不够吗？还需要花钱买教材回来时时刻刻烦自己，那不是犯贱是什么？

李和平身上有一种“呆气”，作为好朋友，张文化自然心里有数，不过看着李和平一本正经，心情却也好了起来。

张文化说，八卦式的励志书就是那些名义上是给读者讲故事，借以启迪人们，实际上只是利用主人公的名气作卖点的励志书了。

李和平说正是，本来，这类书比起八股式是一个进步，可是随着发展，大家都觉得这类书的内容却越来越不走正路了。

现在是个名人就出书，尤其是演艺圈中的，出书之后很多人都说受到了读者的欢迎，启迪了读者。真的是这样吗？鬼才知道。

那些书中除了絮絮叨叨讲述主人公的经历和赖以吸引人的花边故事以外，能有多少启示作用，能有多少干货？

当然，爱追星的小男生、小女生们是喜欢的，爱回忆的老男生和老女生们也喜欢，但这与励志作用的距离也太远了吧。再说，那个圈子里面的丑闻并不比正面新闻少啊，你能指望那些人励你的什么志啊。

张文化表示，自己要做的是以前《白领的战场》那种实用风格，而非老武经常骂的那种狗血励志。

李和平说：“那我就放心了，我们都会帮助你的，只要你看准了方向就行，还有赵河北这样的前辈也会支持你。”

然后，李和平又告诉张文化，赵河北在京东的山海关，有一处旅游开发项目，叫“山海之风休闲度假村”，现在刚刚开业两个多月，特意邀请李和平和张文化，过去住些天。

李和平说，赵河北也很关心你的事情，昨天还专门打电话问起。另外，做图书工作室的事情，也可征求一下他的意见。赵河北既有年长者的经验，又能始终立在潮头，干劲十足，这正是咱们所缺少的。

从北京到山海关，开车不到3个小时。刚才还是京城熙来攘去的人海，只过了不长的时间，就到山海关了。海边薄雾升腾，潮声阵阵，离海岸不远的山地上就是赵河北的“山海之风”了。

这赵河北真是有眼光，把山地、大海、长城、森林、小河这些在京城只能想却无法见到的元素，都汇集到他的度假村了。绿树丛中一片宅院，就像个安静的小村。

赵河北一见张文化，就说事情我都知道了，让老弟受委屈了。

张文化的眼睛一下子就潮了，他忽然又想起了石红旗，其实那天石红旗只要说这么几个字，他就满足了，可人家只想着袒护兄弟，根本不想顾及自己的感受。

赵河北已经从李和平处知道了张文化的打算，就让他在这里多住些日子，先舒解一下心情，然后再勾画以后要走的路。

从外面看上去，这“山海之风”就是一片普通小院，但进入其中，却如宾馆一样，每个院子都布置得非常雅致。有书房、会客室、卧房、洗漱间、健身房。大的院子能容十几人，小的院子能容五六人。

张文化和李和平，被安排与赵河北、孙老住在一个院子里。

第二天，下起了小雨，雨不大，雨丝却很密。不远处海面上飘过来的雾气，笼罩了山林和长城，远山近树，就如同水墨画一样。

每个小院里都有人活动，估计都是入住在这里的游客。但由于院落之间相隔较远，所以说话声互不相闻，整个园区相当安静。

用过早饭，孙老在观景廊下躺椅中小睡，李和平则在院中石板路上散步，纷纷扬扬的小雨丝落在身上，反而很惬意。

赵河北叫上张李二人，一起出去走走。

这片小村建在起伏不大的山地上，小院也是高低错落。走在石板路上，听着远处的海涛，李和平说若不是北京那边还有老婆孩子需要照顾，简直都不想走了，生活在这里太惬意了。

赵河北说当初是朋友带他去山海关登长城，路过这里时，就喜欢上了。一边是海，一边是山地，山地后面是大片的丛林，再远处的背景就是长城，真是难得的佳景，所以就选择了这里。

赵河北还得意地说：“现在是夏末季节，所看到的是很自然、柔和的绿树和蓝天，处于这样的环境中，会让人有一种非常放松的心态。要是到了冬季，树叶都落光了，一片肃杀的风光，可置身在温暖的房间里，透过整面的大落地窗向外面看去，辽远的大海一望无际，长城从海边一直伸展到山上，一种豪情就会涌上来。所以我这里销售的就是心情，让客人在轻松的心境中，找回自我。”

“心情？这也能成为消费的理由吗？”张文化不解。

“其实到我这里来的客人，都是为了找一种心态，大部分都是为了避开京城的纷乱喧嚣，调节一下情绪，换一种心情。我向客人提供的，实际上是心理疏导服务啊。”

这么一说，张李二人恍然大悟。

赵河北说，有一句话是“货卖明白人”，要是不明白、没感觉，那你的货再好人家也不要，到这里来的客人大都是对我的服务有感觉的。生活在京城里的人每天都要应付琐碎繁杂的事情，每天都可能遇到讨厌的人与你较劲，被搞得昏头昏脑，甚至烦躁不堪，所以好多人都渴望轻松一下。但京城里是找不到机会的，本来你从高楼俯视一下京城大地，应该能有这种感觉，可你不能看，因为一见那忙碌的人群和车流，各种需要办的事情又被勾引出来了，哪里还有什么情绪呢。

张文化说，真很佩服赵总，这么大的年纪，还冲劲十足，还能做这种非常有开拓性的事情。

赵河北笑了笑，问："石红旗那里的事情都搞利索了？"

"我已经当面辞职了，石红旗并没有丝毫挽留的意思。这就证明了我的判断是对的，整个过程就是石建设给我设置的圈套，所以我再也没必要同他们兄弟混了。"

赵河北又问张文化关于做图书工作室的想法。

张文化说以前就有这个想法，只是一直没实施而已，发生了这事反而帮他作了个决断。聊到具体做法，张文化说只想做职场心理自助方面的图书，因为比较熟悉，且一直对此有想法。

李和平说目前这类图书太多，搞得读者都无所适从了，需要慎重。现在比较多的是那些心灵鸡汤式的书，虽然书名不同，内容却都是差不多的一堆废话。要做就应该踏踏实实做内容，让读者在书中看到实实在在的干货。

赵河北说，图书怎么做和做什么我不清楚，但结果就应该是读者看到了以后，能得到足够的刺激。若让人家心动了，就一定能成功。

张文化说这也正是他做图书工作室的出发点，不管出什么书，都一定要引发读者的共鸣，要向读者传递过去足够的刺激，而且这种刺激信息还必须是读者所需要的。

赵河北说你有这样的思路，我就很放心了，这样一来，即使一开始不能有突出作为，也不至于摔跟头。只要起步不急躁，就能走得平稳。

说到这里，赵河北突然想起一个人，就说现在正好有个机缘，我刚刚认识一个人，或许能对你有些启发。他是我这里的一位客人，身份很杂，又是记者又是公关策划师，还有一个名头是成功学专家。说是专门研究成功学的，不过，看上去很喜欢作秀，好像是个嘴比手强的人。

李和平问这类人可能都有些不着边际，合适交往吗？

赵河北说张文化过于沉静，有时还比较拘谨，因此同这类人多交流还是有一定价值的。不管他是什么样的人，身上都有值得我们借鉴之处。至于有害还是有利，主要取决于我们自己，只要我们有足够的定力，不随他作秀而动就行了。

张文化忽然感慨起来，说："同样是商界精英，可我觉得石红旗身上总有那么一点瑕疵，我说不好是什么，他要是能像赵总一样有爱心，就会更成功。"

赵河北摆了一下手，说："各人有各人的活法而已。"停了一会又说："与石家兄弟相关的事情都过去了，就不必再放到心里纠缠了。你身上最大的好处就是有足够的灵气，同时又比较厚道，这样下去应该会闯出个名堂来的。其实这灵气谁都有，而厚道却不一定每个人都能守得住。昨天我在网上看了一段话，说的就是关于厚道的话题，挺有感触的。"

然后，赵河北就把那段话讲给二人。

说的是在生活中，处理一些事情时，应该秉承厚道心。在乘坐公共交通工具时，遇到老弱病残孕者时，让座的时候应该不动声色，不用大张旗鼓。站起来后用身体挡住其他人留出空位子给需要的人，之后走开就行了。要是人家向你表示谢意，也要对人家微笑一下。

在雨雪天、傍晚或天冷的时候，如果碰到卖菜、卖水果和卖报纸的人，剩得不多了又因此不能回家，能买就买一些，反正你吃什么都是吃，看什么都是看，你买一些人家就能早一点回家。尤其是碰到冷天夜里摆地摊的，能买就多买一些，也不要还价，东西都不贵。家境哪怕稍稍好一点的，谁会大冷天夜里摆地摊。

若是偶尔遇到了迷路的小孩和老人，如果可以送他们回家就送一下，如果自己有事不能送他们回家，就送上车，或者送到派出所。若是方便的话，就替老人或小孩打个电话，然后再走人，反正谁都不缺那两个电话费钱。

如果碰到了路人问人问事，碰巧你又知道，那就主动告诉对方。不会因此耽误你的事情，也别不好意思，没有人会因此笑话。

要是碰到了学生勤工俭学的情况，特别是中学生和女学生。那他们卖什么你就尽量买一点，就算他们不是因为家庭困难，出来打工也需要很大勇气的，应该鼓励一下。

若是比较富裕，别花钱养二奶，就偷偷地养几个贫困地区的学生吧，资助他们完成学业。不要让人家知道你是谁，要不然见面了可能会尴尬，人家会出自内心地感谢你，但也会由于贫穷而不好意思。可是，你在心里一定会觉得舒坦。

赵河北说，别看这些话很俗，但内容真挺感动人的，这可不是一句简单的做好事就能概括的，都是厚道人做的事，做了这些事人心就会更善，心善了就会得道多助，事业就会更顺些。

一路听着，张文化更感慨赵河北这样的前辈真是难得，这么从容，这么睿智，这么善良，比石家兄弟强多了。

晚饭后，赵河北所说的那个人就来了。一进门，他就高声大嗓地对赵河北说，刚刚去北戴河看朋友了，又碰巧遇到了一些院长、主任和总经理什么的，都在这里休养，就给他讲企业管理，讲完就从北戴河匆忙赶到山海关这里了。

等他云山雾罩地说完，赵河北就介绍大家认识，张文化这才知道，此人叫冯西港。

冯西港一说话，别人就没有开口的机会了，这家伙口若悬河，吐沫四溅。聊到张文化的事情，冯西港更是像说自己的事情一样，说这事好办，但首先应该打出名气才行，最好是请名人来写书，可以去请赵总这样的大企业家来写，这样白领职员都会认可。

可能是不习惯冯西港的一通聒噪，孙老就起身出去了。李和平也有些忍不住了，但出于礼貌，只好硬着头皮听。而赵河北则始终面色平和地听着。

冯西港还在说个不停，他告诉张文化，出书最重要的是数量，可别太在意一本两本的质量，不然出来了也会被淹没在大量的励志滥书中，内容再好也没用。所以一定要以数量取胜，别不舍得投入，舍不出孩子套不住狼。

他说了好久，耗尽了口水，也磨坏了大家的耳朵，才起身走人。

送走冯西港后，张文化说：“赵总我真佩服您，您肯定不得意冯西港那一套，可还能挺有味道地听下去，这本事我即使活到您这年纪也学不会。我早就五内俱焚了，他要是不走我都快疯了。”

赵河北说：“其实，这个人是非常有本事的。虽然讲话不着边际，可是在许多老总那里却能游刃有余。要知道，那都是些见过大风雨的成功者，却能耐心倾听他那一套，这就是冯西港的功力啊。为什么能让那么多指挥千军万马的大老板倾听自己，这就值得你好好研究。你想要做自己的项目，至少得把这事情想明白了。”

【内心独白】

张文化说

现在和石红旗、石建设二人那些事情都过去了，根本就不想放到心里纠缠了，就是因为和赵河北在一起，烦恼就都没了。赵总这样的前辈真是太难得了，没见过这么睿智、善良的人。石家兄弟和赵总比起来，差远了。

突然有了一个感觉，那就是天地本来很高远，只是我一直把自己圈在一个角落里，没时间看一下外面的世界，现在被人家一脚踢出来，反而有机会起飞，在天空自由飞翔了，这感觉真是太好了。

李和平说

我一直很相信“小得靠智，大得靠德”这句话。很多人一直都在强调，想要出人头地就得修炼悟性，就得提高技巧。悟性和技巧当然很重要，没有悟性就是不知道好歹，香臭不分，不懂技巧那更是呆子一个，没有出息。可是还有比悟性和技巧更加重要的，那就是作人的境界，你得老实些，得宽厚、圆融些，有了这些的基础，你才能施展技巧。

现在有好多人，也包括陈迎宾这样的年轻人，总是推崇刁钻古怪的心法，强调要心狠手辣，其实这是不知进退，总会有沟沟坎坎在等着你摔跤。

赵河北说

生活在大城市里的人，每天都要不停地应付琐碎的事情，还要提防那些讨厌的人算计你，所以总是被搞得昏头昏脑。有个老友为此很烦恼，我就写个小诗给他：“长街短巷飘红颜，娄哥伪娘争相妍。去尔嚣张神马事，我自山间得清闲。”

本来就是嘛，高高兴兴做自己的工作，不要参与太多乱七八糟的事情，活得简单些，人生才会从容。

【画外音】

在乱糟糟的城市里，人们总是特别缺少淡定，尤其是往来奔波的年轻人。大家总是很忙，总是很急，而且总能给自己找出发脾气的理由，或说付出多收入少，或说受了合作伙伴的欺骗，或说先天条件不好。

那么，同样的条件下为什么有人就活得很好，有人就活得不顺心呢。关键一点就是懂不懂做人，会不会做人。

做人这事光去听大道理是没有用的，你把道理都记到心里也不见得成功。重要是能不能明白事理，明事理和懂道理可不是一回事。

只有明事理才能淡定，淡定了才能选择正确的发展方向，淡定以后才能圆融。

人生在世上，这辈子无非是忙着做人，有人说还要做事，其实做事也是在做人。

很多人一辈子都在习惯性地哀叹，做人太难了。

为什么如此之难，多数情况就是没有看透事理，没有弄清方圆。

做人做事一定不能没有“方”，一定要有规矩，然后才能说什么“有所不为才可有所为”，才能考虑做人要“圆”的问题。

“圆”就是圆通和通融，是与人为善，是厚道，就像赵河北所讲的那样。

要是不懂得做人，一切就都无从谈起了，就很可能由于察觉到了他人的弱点而咄咄逼人，就可能会由于自己比别人高明而盛气凌人，就可能在需要坚持个性和主张的时候胆怯无力，就可能一生都随波逐流。

做人并不需要极高的素质，也不需要很高的悟性和技巧，不要说什么做人的高尚境界，用不着那么高尚，老实、宽厚、圆融，这些才是施展人生的基础。

在城市生活中，那些内心孤独的人总是喜欢虚张声势，那些内心虚弱的人总是喜欢狐假虎威，那些心里有鬼的人总是喜欢玩弄伎俩，那些没有自信的人总是喜欢尖酸刻薄，那么，有人就要问了，这类人会不会做人呢？

你要说他们不会做人，他们有时还活得很好，你要说他们会做人，他们却经常因此而输得很惨。

道理就在于“小得靠智，大得靠德”。

所以有的人为了某种目的八面讨好，左右作戏，极尽虚伪和丑恶，但经常会玩得很失败。

其实，会作戏的人也可以很有德，有道德的人要是会作戏就更无敌了，你看看那些真正成功的人是不是这样？

还有一点，有人著书立说，讲做人圆融就要有所牺牲，有时候要牺牲小我，有时候要忍辱负重，忍气吞声，还有更多的时候要承受屈辱、误解，甚至是来自于至亲至爱的人的伤害。这是胡扯，都受到这么大的伤害了还圆融什么，你圆融的目的是为了什么，还不是为了趋利避害吗？

能做到方圆兼容的，当然不会时时感受牺牲和痛苦，否则就不是成功。

做人做事当然为利，但取利时还要择手段，一些人总是推崇刁钻古怪、锋芒毕露、心狠手辣，总是不知道进退，如果怀着这些心态与他人周旋的话，还怎么能玩得下去呢。

21. 白领的铁血意志

【画外音】

娘们气质，这东西在白领身上越来越突出了。不是说语气，而是说为人处世的心态，丧失了羞涩本能和意志力的白领令人无奈。

这天，陈迎宾找到吕民族，垂头丧气地说，从石建设那里把钱给要来了，只给了15万元。

吕民族一听只要来15万，竟有些气急败坏，质问陈迎宾："怎能不经我同意就轻易答应石建设呢？你也太沉不住气了，我还想培养你出人头地呢，看来，你是不会有出息了！"

吕民族好像很生气，陈迎宾像做错了事的孩子一样，小声辩解："石家兄弟也不是省油的灯啊，那石建设的手可黑了，要是再用50万要挟人家，说不定我的小命都保不住了。再说，看张文化都被他们折磨成那样，我实在坚持不下去了。"

吕民族狠狠地说："等这15万花光，你就知道后悔了。早知道你这么废物，我当初就不应该跟着你忙前忙后！"

吕民族的确是生气了，因为他计划中到手的钱，让陈迎宾给搞没了。原来陈迎宾从上海一回来就去了吕民族那里，并把当初去上海做卧底的原委详细讲给吕民族听。吕民族就给陈迎宾出主意，说可以帮助他要挟石家兄弟，要到更多的钱。并且两人还订了个口头协议，在15万元钱的基础上，从石家兄弟那里多要出来的部分，五五分成。

所以现在听说陈迎宾沉不住气，没有按他的安排坚持下去，只要来了15万元钱，吕民族才会气急败坏。

不过，吕民族虽然老谋深算，却没有算计过陈迎宾这后起之秀。其实陈迎宾并没有沉不住气，也没有被石建设吓住，张文化被石建设陷害一事虽然让他心痛，可还是按照吕民族的安排，与石家兄弟耐心地周旋，后来终于拿到了40万元钱。

表面上，吕民族对谁都是一副古道热肠的样子，别人若是有了困难，他知道后就赶紧问寒问暖，三言两语就让人激动万分。尤其是张文化这样的小年轻，看到吕民族脸上那慈父一样的表情，感动得简直要五体投地了，恨不得跑前跑后，任意为其所用。

在与吕民族的交往过程中，陈迎宾却慢慢体会到了其慈祥面孔后的阴冷。在同石家兄弟周旋时，吕民族为他安排策略，反而让他越来越看不起吕民族。他觉得这个小物业公司的经理，不过是一个非常伪善的小人，虽然由于年纪大而社会经验丰富，但只是一个躲在阴暗角落里算计别人，以谋求好处的小人。

陈迎宾看不起这样的人，虽然谋略令人信服，他也需要这个老谋深算的帮手，但却不愿意与之分享自己冒着危险，从石家兄弟那里讹诈来的钱，所以就骗对方说只要到了15万元。当他看到吕民族那气急败坏的样子时，不禁心中暗笑。

万事开头难，现在张文化就是这样。以前做公司职员的时候，什么事情都是按照事先安排好的轨道运行，即使需要发挥自己的创造思维，去处理突然发生的情况，心里也都是有底的，因为事情不管做好还是做不好，主要后果还是要由上司和公司来承担，自己只要把分内工作做到位就可以了。

但现在不一样了，张文化告诉自己，如果做得不好，没有任何人为你承担后果，苦的辣的酸的甜的都要自己品尝。

他遇到的第一个难关就是资金，虽然李和平和赵河北等人都表示愿意帮助，可张文化总觉得借用别人的钱来做生意，心里不踏实，若是赚不到钱，赔了怎么办，借钱的时候容易，还钱的时候就难了。更何况借了钱后，就背上了一个心理包袱，他不习惯背着包袱做事。

陈迎宾说张文化这样不行，这种心态就不是一个创业者的心态，畏畏缩缩，瞻前顾后，想吃好的又怕烫嘴。

陈迎宾敢想敢做，干脆利索，这是张文化一直都很佩服的，可却不是想学就能学得到的。

陈迎宾说：“我看你那难受的样子就别扭，得了，我来帮助你吧。”说着，就拿出一包钱扔到张文化面前。

“15万，应该够用了。这图书工作室咱们合作干吧，‘北京梦’还是一起做好，我用钱入股，你用智力入股，有了收入五五分。”

张文化对合作没意见，只是对这钱不放心。

张文化的心思从来就瞒不住陈迎宾，他早就看出来了：“放心吧，这钱的来路没问题。”

张文化还想问，陈迎宾却不耐烦了：“哪那么多的废话，用你的就是了，这钱你怎么花都行。工作室经营上的事我也不懂，你怎么干都行，我不参与，挣了钱叫我来分成就是了。”说完，陈迎宾就甩手走了。

在经营上，张文化并不发憷。以前在公司积累下了足够的社会关系，对于心理自助类图书选题策划也很有心得。

在李和平和赵河北的帮助下，张文化的第一部书稿出来了。这是一部白领职场修心方面的书，同他最初策划的《白领的战场》一脉相承，名为《铁血白领》。

书的目标读者是都市白领，这类人整天穿行在高楼大厦中，眼里看到的尽是宝马香车，但即使再憧憬，那样的生活也是咫尺天涯，看得到摸不到，在物欲至上的环境里，白领们很难找到自己真正的位置。张文化在书中强调，白领想要融入社会主流，并且步入上层，不一定就得放弃自身的原则和理想，更不必彷徨和挣扎，只要以坚韧的精神，去应对社会环境里无法躲开的浮躁和作秀，以铁血的意志去奋斗，就能出人头地。

赵河北看了书稿后，问张文化："看得出来，你就是在操作'铁血意志'这个概念，让白领认识到'铁血意志'是他们最缺少的，也是最能帮助他们走向成功的。可'己所不欲，勿施于人'，你相信有了这东西，就能成功吗？"

赵河北这话切中了要害，如果你自己都不认可，读者怎么能买账？可张文化很自信，他说："我没打算炒作概念忽悠读者，现在读者都被那些流行了几十年的'狗血励志'给骗精了，明白着呢，炒个概念就想蒙到钱，那个时代已经过去啦。赵总您是个成功商人，而孙老是个成功的军人，我就是把您二位身上的品质给提炼一下，整理成了这部稿子。并且这部稿子既是给读者看的，也是给我自己看的，我不只是推荐给读者，自己也要坚持这样做下去。"

听张文化这样解释，赵河北和李和平就放心了。

情况确如张文化所期望的那样，这部稿子得到了出版社的认可，出版后，也受到了读者的欢迎，虽然市场不是很火爆，但也还算不错。

陈迎宾建议趁热打铁，说既然《铁血白领》的情况很理想，那就马上出"铁血白领 2"吧，这样下去，用不了多久，咱们的"北京梦"就变成现实啦。

张文化说：“你就做梦吧，人家跟风的早就跑到我们前面去啦。这几天，我到各大书店转了一圈，‘铁血金领’‘铁血白领全集’什么的早就摆到书架上了。唉，我是一点办法也没有了。”

陈迎宾知道张文化是在卖关子，他从来就不是一个会开玩笑的人，还没等到“抖包袱”，自己就憋不住了，神情上就已经把底牌给露出来了。就说：“你要是能憋得住就不用说了。”

张文化苦笑：“我这辈子也斗不过你了，在你面前我总是那么幼稚。算了，告诉你吧。既然跟风书都出来了，我这回就反其道而行，出一本‘铁血白领不作秀’。因为那些跟风的书我都看了，攒编出来的东西只是用书名作秀，没实际内容，大都是编一段半咸不淡的故事，再加上一段驴唇不对马嘴的理论，就这么一篇一篇地凑成一本书，对读者一点正面价值都没有。我就以这事为突破口，阐述白领若要混得好，就不能作秀，就在这么一个非常小的角度上做文章，把这个小话题给做踏实了。”

陈迎宾说你应该像抢注商标一样，把将来可能被跟风的书名一起出版，搞一个系列。

张文化说我可没那个自信，出一本就被人家追着跟风，也没那个本事啊。

【内心独白】

陈迎宾说

当我看到吕民族气急败坏的模样，就想笑，有时都憋不住了。

吕民族不过是一个伪善的小人，整天躲在阴暗角落里算计别人，想办法利用他人为自己谋求好处。可是他再老谋深算也别想算计我。

虽然一开始我把吕民族当成老师，但没用多长时间就把他的本来面目给看透了，是我自己同石建设一步一步地周旋，最后拿到了那40万元。

吕民族这家伙只看到钱，丝毫不顾及张文化的处境，可张文化是我的好朋友，我总不能为了多要一些钱，就把兄弟当成扔出去的筹码而不管，任由石建设折磨张文化。

吕民族说

本来能够到手一大笔钱，可却让陈迎宾这傻东西给搞没了，石家兄弟给了15万陈迎宾就猴急地答应了，真是没经验也没耐心，所以才沉不住气。也怪我自己，当初要是亲自出面同石老二周旋就好了。唉，这么好的一个机会，多难得啊。

张文化说

现在自己单干了，觉得压力很大，万事开头难啊。以前是给人家打工，如果干得不好，顶多是受批评扣奖金，而自己干就不一样了。好在有贵人相帮，赵总和李和平一直都挺关照，所以并不觉得孤单。人生在世真是不能没有朋友，要是有贵人就更好了，我算是幸运的，总有贵人相助。

【画外音】

赵河北和李和平一直都很关心张文化，在需要的时候给予张文化大量的帮助和支持，因此，他们可以算是张文化的贵人。

任何一个人都少不了贵人的帮助，有人说我活这么大也没有遇到什么贵人。实际上，也是有贵人的，只是人家帮助了你，你却没有注意到而已。

在这个讲求协作的时代，不会利用贵人的力量可不行，竞争这么残酷，单靠你一个人的能力，想取得事业成功太难了。即使你是一个天才，也不可能不借助到他人的能力和才干。

当今社会就是一张大网，每一个网点就是一个人，通向你这个网点的都是你的人脉。而贵人，就是你的人脉中最活跃，对你也最有意义的那个网点。

之所以有人说没有遇到过贵人，是因为贵人所给予的帮助，或许只是一句话，甚至只是一个眼神，就是这不经意的一句话或一个动作，都有可能改变你的人生。贵人可以缩短你的奋斗时间，指给你成功的路径，每个人都应该尽力寻觅自己的贵人，让贵人影响自己，充分挖掘自己内在的潜能。

不过，贵人可不是你想遇到就能遇到的，这与你的为人处世方式有很大关系，同时还需要那么一点运气。

虽然处事方式由性格而定，一时间很难改变，但为了职业发展，为了生活和家庭，再难不也得尝试改变吗？

事实上，最能为你赢得贵人青睐的，便是你自己的品格。

要想遇到贵人，得到贵人的相助，就得修身。当初张文化若是像石建设一样性情乖张，李和平和赵河北还会帮助他吗？只有你的品行让他人认可，值得他人信赖，贵人才会悄悄来临。

张文化工作起来一直都很认真，而且谁也没见过他计较个人得失，石红旗都非常愿意任用提拔这样的员工，赵河北这样宽厚善良的前辈自然也愿意对其施以无私的帮助。

若赵河北和李和平，觉得张文化并不诚实守信，也不值得信赖，做事时也不为他人着想，那当然就不会主动接近并施以帮助，也就不会成为张文化的贵人了。

不少人都说，很少获得过贵人的帮助。很难遇到贵人的原因只能从自己身上找，怪不得别人，没有任何人抢走你的贵人。

22. 投机，行走都市的必修课

【画外音】

投机这词不好听，可你得承认，不投机一定不行。人生最大的悲哀，并不是在于你得不到或者失去了机会，而是你根本不知道机会是什么！

那我们应该怎样看待投机呢？

张文化总想让陈迎宾与自己一起干，因为二人心意相通，配合起来自然就得心应手。可陈迎宾却不愿意，他说自己也很忙。

张文化就问他现在做什么事，陈迎宾支吾半天，才说自己跟随一位大师，学习看风水呢。张文化就说："嗯，你很机灵，拿风水去忽悠人最合适了，这个我可做不来。"

张文化虽然不信风水，但他知道风水师是很吃香的，石家兄弟就很相信这个。

还是在石建设手下做事时，张文化就遇到了一件相关的事。石氏企业里，保健品是很主要的一项业务，有一次就遇到了危机，有人投诉公司生产的保健品中含有非法添加成分，并且还在网上发帖宣传，影响很大。

当时石建设很紧张，石红旗也亲自出面，与质监、工商、卫生部门沟通，最后事情终于平息了下来。

后来，石建设说，多亏老大请来了一位非常有道行的风水大师，到公司帮助调整，才把危机给化解。

李和平和张文化一样，都不信风水师，说这种披着迷信外衣的骗子，专门喜欢在你遇到了大问题的时候，上门来向你推销他的"业务"，根本就不是风水师挽救了公司，而是公司的危机公关工作做得到位。

陈迎宾对风水的看法与张李二人不一样，他不管风水是不是科学，只要能挣钱就行。

他告诉张文化，现在每天都跟着老师去各处看风水，好多知名公司的大老板都主动来请呢，忙都忙不过来。

看来陈迎宾真是着迷了，张文化说，我是想不出合适的办法把你给拉出来了，你好自为之吧，别被人家给设计个圈套卖掉。现在经常听说有人被算计了，不明不白地帮助人家做坏事，最后进了监狱，甚至丢掉了性命。

陈迎宾说，既然不放心，那我就找个机会让你和我的老师见个面，你只要同他见个面，就知道他不是你想象中的骗子了。他只是看风水，并不宣扬迷信，我还去过他的老家，就在北京密云的农村，他的父母我都见过，他所有的事情都对我们这些徒弟公开，都是光明正大的。

张文化感觉很荒唐，但又没有任何办法说服陈迎宾，只能说一些自己听来都很无力的道理："你这个人从来就不踏实，总是想着到处去投机，总是崇拜那些投机取巧的人，觉得自己要是能找到捷径，就可以一夜暴富。这个城市里就算有这样的事，也轮不到你的身上啊。"

陈迎宾听不下去，就走了，过了一会，发来一条短信："一个人要想成功就得投机，你就是一个不会投机的人。这世上可怜的人可以分成两类，第一类人经常能得到大把的机会，可是他不重视机会，也不会使用机会，看见机会置若罔闻，根本不当回事，他认为机会没有，或者本来就不属于他，机会就走了。第二类人是抓住了机会，但是从来就不尽全力，你就是这类人。"

张文化把这事说给李和平，李和平想了想，说情况或许不完全如你所想，也许陈迎宾的风水师傅是看地理环境什么的，未必就是迷信。

过两天，陈迎宾的师傅接了一个生意，要去帮助一位客户看房。陈迎宾就安排张李二人一起去，见识一下。

客户的房子在京东燕郊，这里属于河北，是一片靠着河的高楼。客户说他看中的楼在这片小区的东南部位，说此楼被河流和道路环抱着，很吉利，但自己并不懂风水，所以不放心，就请个明白人给看看。

见面后，张文化看陈迎宾的师傅并没有多么出众的地方，年纪不大，个子不高，一身中式服装，是个很沉稳的人。

稍微介绍了一下，大家就跟着客户上楼了。

进门后，师傅一直不说话，只是走来走去，到处看，之后又下楼到河边走了一圈。陈迎宾则跟着客户，给客户介绍风水知识。

从河边向回走时，师傅对客户说，这楼我建议还是不要买了。要是从传统的风水上说，只一点就很不合适，就是眼前这河水。对楼来说，这是反弓水，并不是真正意义上环抱着此楼，河水就像一张弓，现在是楼在弓外，而不是在弓弦方向上，这是个大凶之相。还有一个更为重要的是质量问题，我在来这里之前，与朋友沟通过，朋友很熟悉当地的情况，这里是临河沙质洼地，下面沙层特别厚，上面一直堆放垃圾，这一片楼的基础质量并不让人放心，具体情况不一定准，但还是感觉不好，劝你别买。

一直在察言观色的张文化，并没有从中看出师傅在风水方面说出多么高深的见解，只是觉得这个人同李和平一样，成熟沉稳，很有内涵。

李和平问师傅，看风水这行的前景怎么样。

师傅说，这行里面的人都在投机，很多人并不想做好。过了一会，师傅又说："我做这行有一个准则，就是从来不用迷信那一套骗人，看风水也是有一定依据的。"张文化想，大概是陈迎宾向师傅说起过自己对风水不相信的事情了。

又过些天，陈迎宾叫张李二人过去，说师傅要去上次看房附近的一处楼盘，帮助客户看房。

这是距离上次稍远处的一个低层楼盘，师傅到现场一看，就说感觉不错。这是一片已建成多年的四层住宅楼，现在新建起的楼一般都是30层左右的，四层住宅非常少见了。既然风水师说好，客户自然也很高兴。

看过房，陈迎宾提议大家一起去河边吃饭，一边吃一边聊。

这条河叫潮白河，此段是河北与北京的界河，没有多少水，宽阔的河床中满是苇草。

陈迎宾让饭店把简易餐桌摆在草地上，来个草地野餐，大家兴致都挺高。张文化这才知道，陈迎宾的师傅叫陈玄。

陈玄这回没等李和平问，就主动说起了自己行业的一些事情，因为他知道，张李二人对陈迎宾在这行的前景不太理解。

陈玄大学毕业后做了三年计算机程序员，后来经朋友介绍，遇到了一个风水师傅，陈玄比较理解风水，因为祖上就有人做这行。后来，就辞职跟着师傅给人家看风水，每天看阴宅阳宅，替人算命，指点前程。这样一直做了两年。

陈玄的师傅做事主要靠嘴皮子功夫，察言观色，揣测顾客的心理，然后适时说出对方需要听的恭维话和挑毛病的话。

后来，陈玄越来越觉得师傅做得不好，骗人的成分太多，于是就离开师傅自己做。

陈玄是受过大学正规教育的，他能理解当前社会需要什么，理解人们反感什么，所以就不搞师傅那一套。陈玄说，风水本来应该是一种中国独特的景观评价体系，解决的是环境与人的关系，只是人们习惯于把神秘主义、朴素思想、迷信和合理经验混杂起来，所以就成了反面比较多的东西了。就拿经商的风水条件来说，若是开店就要选人多的地方，办公室也一定要讲求方向、光照，讲求植物摆放，这就是合理的风水。

可是，当初他的迷信成分比较少时，开展业务反而很困难。在给客户看房子时，随身带的测光和测甲醛等仪器，更让客户糊涂，不知道这个风水先生到底是做什么的，明明是看风水，怎么搞起了科学测量？人们要么相信迷信，你一说神鬼什么的他就吓得要命，就什么都听你的了；要么就相信“极端科学”，也就是迷信科学，从自己学过的一点理论出发，机械地否定他不知道的所有东西。

陈玄也觉得这样下去会很困难，就从别的方面下工夫，一是给自己改成现在的名字，让人听上去像个风水先生，二是要在开拓业务时加强投机性，织出一张可以不断包装自己的关系网，想办法让客户宣传自己，利用一切机会去感染他能遇到的人，向人家宣传自己的地理风水不是迷信，而且确实有用。

他关系网里的人，有不少房地产开发商和房屋装修公司的老总，他们有的相信风水，有的不信，却出于各自目的，把陈玄捧出来。而陈玄拿着人家企业的风水顾问费，也要想办法替人家搞形象宣传。

陈玄说，有时觉得做的事情太不合理，就不去做了，比如一些开发商故意把质量太差的楼宣传成风水宝地，觉得这太缺德，就用因果报应等话吓开发商，不要继续骗人。陈玄说，做这行时间长了自己都会被忽悠住，现在他真的相信因果报应了，不过这也好，让自己不做缺德事，也是好事。

由于经常和形形色色的商人甚至官员打交道，他就特别善于揣摩他人的心思，别人想什么和需要什么他都能了解得差不多，一旦摸清了对方的心思就好投机了。

就这样，陈玄靠着自己头脑活泛，善于投机，认识的朋友越来越多，客户还会把他推荐给别人，口口相传的效果更好。

陈玄说，其实我这生意并不在于风水本身。调风水对于客户的生活确实会产生积极的结果，不管是物质方面的还是心理方面的。可我能做得好生意，主要还是在于积极开拓客户，抓住一切机会让客户相信我。

李和平说，你好像不在意别人说你投机。

陈玄说我这行从推销到生产过程，基本都是投机，就是调动起来一切可能利用上的因素，投其所好，让客户相信我。我这做法就是投机，不过是正面的。

陈玄说，越是成功的人越能接受这一套，而且他们理解我。我的师傅是迷信，而我看风水则不是迷信。不违法，不缺德，还真的有用，所以大家就推崇我。

张文化心里说，风水这东西要是没有了迷信成分还有什么意思呢？

后来，陈迎宾问，怎么样，这回你们能放心让我做这一行了吧？李和平说随你去吧，我们怎么能管得住你呢。

【内心独白】

陈迎宾说

我不管看风水科学不科学，只要能挣钱就行，什么投机不投机的，只要有钱赚，投机有什么不可。都像李和平和张文化那样呆头呆脑的，什么时候才能成功，什么时候才能从京漂变成北京土著？

我以前总是说没机会，总说上天不待见，但上天不是不给机会，只是有了机会不重视，更谈不上利用机会了。对于上天给的机会，你不能置若罔闻，机会不能总在那里等你。现在，只要是机会我就不放过！

张文化说

看来陈迎宾确实变了，他的眼里只有钱，为了钱他可以做任何投机，我想不出任何合适的办法来劝他。我的看法是，你投机可以，在北京这个大城市里混，机会是最为重要的，抓住了机会才能翻身。可也不能为了投机就不择手段，甚至不讲原则！江湖上的事情太乱了，很多人不明不白的就被算计了，我不希望看到自己最要好的朋友也这样。

我对陈迎宾的担心是有道理的，他这人从来就不踏实，从我认识他的那一天起，他就到处投机，总想投机取巧，想着一夜暴富的好事。这样的好事偶尔想想就可以了，不能总是放在头脑里。

李和平说

老婆骂我呆，说我不懂得投机取巧，傻透了。这个我也承认，我是太欠缺这方面的能力了，所以生活上一直没有太大的起色。

我是认可投机的，这是职场和生活中必不可少的一种生存能力，而且不是负面的东西，你不能说投机就是不择手段，就卑鄙。问题是我没这能力，做不来，也不习惯做。

对于投机，吕民族和陈迎宾这类人比较擅长。我呢，还是老老实实地码字换钱吧。

【画外音】

看来，我们不能简单判定投机是有罪过的，也不能说是为君子所不耻的小人勾当。相对于循规蹈矩的传统意识而言，投机只是另一种生存发展智慧而已。

工作也好，人生也好，都是竞赛。如果你的手段不高明，你的行动速度也不够快，你的思路也不如他人明确，就很难胜得过别人，虽然忙碌不停，却未必成功。有一句话就明白地说明了这道理，叫作“会哭的孩子有奶吃”。

无论草根还是权富，投机都是工作和生活中必不可少的，只是长期以来，人们习惯于把投机与居心叵测、趁火打劫、投机取巧、阳奉阴违等各种不良行为关联起来，总是宣扬投机就是世故圆滑，为达目的不择手段，因而是卑鄙的，是为君子所不屑的。

事实上，投机并不是一件坏事，就像工匠手中的工具，你不能说它是好工具，也不能说它是坏工具，重要的是你用工具做什么。你在实现欲望的时候，不违反法律和道德，就值得鼓励。投机就是一个中性词，“投”就是对准，就是针对目标的意思；机就是要灵活适应事物的变化，投机就是“针对时机，采取灵活有效的方法，实现目的”。

这样一来，投机就没有任何贬义了。事实上，我们总是在说抓住机遇，迎接挑战，这不就是投机嘛。

投机行为被人误解，还有另一个方面，就是大多数投机者总采用打一枪就跑的策略，从来就没有一个长期策略，漫无目的地乱窜，这就很容易导致失败。成功的投机也是有计划的，也要有长期眼光。

23. 强悍的扯淡

【画外音】

如今，废话就是人际关系的第一句。人们越来越习惯于扯淡，扯淡的手法也越来越强悍了。难怪有人说，生活，就是扯淡的艺术。

这天早晨，张文化起床后照了一下镜子，突然觉得自己已经非常沧桑了，于是感觉很悲哀，因为现在连个女友都还没有呢。北京这个大都市就像个老洗衣机，自己就相当于一件新衣服，主人还没穿出去显摆，就被扔进去洗破洗旧了。

张文化自认不是一个期期艾艾的人，真奇怪，今天怎么就照着镜子动情绪了。

刚一出门，就看到冯西港已经开车来接了，李和平也在车上。

昨天，冯西港打来电话，说看到了《铁血白领》，感觉很好，就想把自己的朋友中的一些名人介绍给张文化。说这可以开阔眼界，对出版策划会有帮助，并且还让叫上李和平，一同去。

冯西港真是一个热情的人，而且充满活力，赵河北说这个人身上有自己可以学习的地方，张文化越想越有道理。

冯西港一手开车，一手从包中抽出两本书，扔给二人，说是他本人新出的诗集，请行家给指教指教。张文化打开一看，扉页上写了“请张文化大师指教”几个字。

张文化赶紧说：“这可不敢当，一会您给改一下吧。”

冯西港却哈哈一笑，说：“怎么不敢当呢，您这谦虚的风度就值得学习，对我来说当然就是大师了。”

李和平一看，给他的签名也是一样的。再翻看，第一页就是冯西港写的一首诗：“城市生活多姿多彩，北漂之路越来越宽。每天习惯穿行人海，大师教诲情深如海。”

二人都有点莫名其妙，诗也能这样写？

再向后翻，除了诗就是图片，尽是冯西港同各类人物的合影，每个图片下面都注有一句话，如“世界知名公关策划师协会主席、中国著名成功学大师冯西港与某某合影”等，看上去感觉怪怪的。

冯西港问这书怎么样，张文化说“挺好挺好”，李和平说“不错不错”，然后就不好说什么了。

张文化问今天要去什么地方？

冯西港说是去参加一个书画笔会，他的名人朋友都在会上，但要先顺路看一个老朋友。

车七拐八拐，跑了半天，到了北京东郊一家化工厂，他在工厂大门口停了下来，打了半天电话，才被放了进去。

三人被安排在一间会议室里，坐了有半个多小时，冯西港的那位朋友才来。

那人进来后，冯西港立刻递过去一本书，说：“首先我得感谢厂长您资助我印了这本书，现在成果出来了，送您一本。”

厂长接过书翻了几页就扔到桌子上，不高兴地说：“我不是说了嘛，不要把我的照片印到上面。”

“呵呵，您这么支持我，怎能不把您的照片供到上面呢？”冯西港说着，就掏出笔在书的扉页上写了“恭请厂长大人指正”几个字，然后恭敬地递给对方。

厂长接过书捏在手里，说：“我还有事，就不陪了，几位朋友要是晚上没别的安排，就过来吃个饭吧。”然后就走了。

受了冷遇，张文化和李和平都不自然，冯西港却仍然神情自若，看来习以为常。

从那厂子出来后，张文化想打退堂鼓，他担心参加书画笔会活动还会受这样的待遇，但又没办法，总不能辜负了人家的好意，冯西港是在主动帮助自己。

活动很热闹，有些书法家和画家的名字张文化还听说过，还有几位影视演员也在场。不过，张文化不懂书画，也找不到话题同那些人交流，只能无所事事，看着冯西港跑来跑去与人搭讪。

待了一会，索然无味的张文化就想离开。

冯西港说："别走啊，这里多热闹，走了多可惜。来，我请书法家给你写幅字。"

说着，就拉着张文化挤到一个长须老者面前，把他的书递了过去，说："朱老，我一直都很感激您的栽培，这书里还有您和我的合影呢。"

那老者一边转着眼珠一边微笑点头，脸上挂着让人看不明白的表情。张文化觉得这老者不认识冯西港。

冯西港扶着老者的胳膊，指着张文化说："这是我的一位朋友，他特别喜欢您的书法，经常在家中临摹您的字，他想求您给写个字。我说这事没问题，就包在我的身上了，因为我和朱老很熟。"然后，就扶着老者往写字桌案处走。

老者没有拒绝，问了张文化的名字，然后想了想，就爽快地写了个字幅。

张文化满脸通红地接过来，连声道谢。他觉得全身上下都不自在，好像与冯西港合伙做了一件缺德事。

冯西港挽着那老者走开后，张文化对李和平说："这样强求人家太过分了吧，人家凭什么给咱写字啊。"

李和平还没开口，二人就被冯西港跑过来拉到一个女士面前，那人手里已经拿了冯西港的书。冯西港说："来，范小姐，快和我们合个影吧，平时找你好难，遇到了就不能放过你。”

那位范小姐就露出特别职业的微笑，同他们照了相。然后冯西港又说：“这一段时间我正构思一个电视剧，要是请你演主角可不许推辞噢。”

范小姐点了一下头，就转身走了。

被冯西港拉着，又是合影，又是索要作品，张文化特别别扭，脸上阵阵发热。冯西港这人的脸皮怎么就这么厚，心怎么就这么宽，就不怕人家拒绝吗？

回去的路上，张文化问冯西港，看上去你同那些人并不相熟，可人家为什么就不拒绝你呢？

冯西港笑了，说小兄弟，从这问话就能感觉你还缺少历练。

张文化不解，冯西港就告诉他，我已经习惯于别人的拒绝和慢待了，而你只是不习惯而已。就拿我这本书来说吧，你们可能觉得我的书内容不好，可是你看那些唱歌演戏的明星们出的书，比起我的书也强不了多少，基本都差不多，所以我不觉得丢人，在谁的面前我都能拿得出手，更不怕笑话，人家愿意说什么就说什么。要说到脸皮厚，其实我的脸皮和你们一样，只不过经历的冷遇多了，就不当成事了。就如那些明星们站到台子上，面对着几万人一点都不紧张，这不是脸皮厚，只是习惯而已。

与冯西港分手后，回到办公室，张文化说无论如何也不习惯他的朋友那样对他，甚至觉得跟着他有些丢人，被别人那样慢待还能心平气和，我可做不到。

李和平也很感慨，说冯西港这表现已经是一种惯性了，在这种惯性状态中他不觉得丢人，而他的熟人、朋友也都习惯于这样对待他，并不觉得不合适。这个人就是习惯于不怕丢人，其实他的口才并不能算好，只是很能说，但即使是胡说八道，也是在与人交流啊。别看他这个状态，日子过得却比你我都好，还开着好车，住着别墅呢。

张文化问陈迎宾有什么感觉，怎么看冯西港这个人。陈迎宾说你还是见世面太少，这样的人我见得多了，他们的日子过得好，自然就有过人之处。

三个人聊了一会，陈迎宾突然说，我们应该出一本书，就写冯西港这种人。

张文化说想到一起了，我也正想这事呢。

李和平说也有这想法，连书名都想好了，就叫“强悍的扯淡”。张文化说这书名太好了，书中还可以用大量的插图，通过夸张的图片来提升内涵，强化文字表达效果。

张文化非常高兴，他说这稿子的策划过程也真够“扯淡”的，跟着冯西港扯来扯去，竟然扯出一个特别满意的想法来，他觉得这“强悍的扯淡”比之前的《铁血白领》还有创造力，且更有市场。

张文化实在是太兴奋了，说这么好的事情是必须要请客的，就把吕民族也叫了过来。

吃饭时，张文化又把关于“强悍的扯淡”的具体思路说给大家听，吕民族也说这个“淡”扯得好，是个不错的励志题材。

吕民族还很感慨，说真是士别三日当刮目相看，才半年多的时间，小张就支撑起了这样一个很有前途的项目，而且眼界也越来越开阔，肯定会有大发展的。他还建议张文化应该扩大经营，如果缺少资金他可以入股。

张文化是喝一点酒就满脸通红的人，他更兴奋了，说正需要您这样的长者参加，有了您和和平老兄的参与，我的信心就更足了。当初不少人听说我要做图书，都说传统书业是夕阳产业，活不了几年就要完蛋了，就连武友谊这样的业内老人都提醒我要小心。但我不仅坚持下来，而且还做成功了。

张文化是不喝正好，一喝就醉，一醉话就多。看着张文化的样子，陈迎宾和李和平都不说话了。

回家后，李和平给张文化打来电话，说不要让吕民族参与到项目中来，因为他不看好吕民族的人品。如果吕民族以后再提出同样的话题，就说目前做的不过是个小生意，前途未定，等以后稳定下来再考虑扩大入股。

张文化问李和平有什么理由怀疑吕民族的人品，难道他得罪过你吗？

李和平说这只是朋友间传的，也没有什么具体事情，有几位圈子里的朋友，与吕民族相识多年，都说这个人外表忠厚慈祥，内心却相当诡诈，所以同他相处就得小心些。

张文化嘴上应付着，可心中却别扭起来，觉得这李和平虽然很老实厚道，但是心胸却不够宽阔，太过于小气了。

过了一会，陈迎宾又打来电话，说的也是同样事情。

张文化就问陈迎宾，你怎么同李和平穿到一条裤腿里了，说得这么一致。陈迎宾就语气严肃地讲，这是正经事，可别嘻嘻哈哈的，吕民族的人品我太了解了，你可别同他掺和到一起，否则他会害死你的。

张文化就说，好吧，我不和吕民族掺和到一起，那你就别在外面漂着了，过来吧，咱们一起干，俩人在一起商量事情时方便。

陈迎宾没答应，说你的那些事情太呆板，也太拴人了，我可不喜欢总是在电脑屏幕前琢磨文字。

陈迎宾已经在不久前离开了陈玄，原因是陈玄做事一板一眼的，让陈迎宾感觉太受束缚。张文化问他下一步想做什么，不能总是游手好闲的。

陈迎宾说他并没有闲着，现在同几个伙伴做法律咨询。

陈迎宾说的法律咨询，就是代客户进行债务清欠、诉讼取证、跟踪定位等，但他不能对张文化具体说，否则一定会被张文化反对。张文化总是提醒陈迎宾，不要做那些灰色的事情。但陈迎宾却就是喜欢这类项目，他觉得刺激。

【内心独白】

冯西港说

张文化像个小姑娘，羞涩得不知所措，而李和平像个书呆子，他们看着我和大家搭讪，自己却插不上话。为什么会这样，因为他们太要面子了，怕说错话。而我已经非常习惯于接纳他人的拒绝和慢待了，这没什么，我并不觉得丢人，也不怕别人笑话。

有人说我脸皮厚，其实我的脸皮一点都不厚，我当然知道好歹，分得清黑白，只是经历的冷遇太多了，就不在意了。如果总是在意他人的评价，我的生活还不乱成一锅粥啊。

李和平说

我很少受到冷遇，如果他人看不起，我就会特别不自在。冯西港却仍然可以神情自若，习以为常，这真是一个大本事。这本事我肯定学不会，人家冯西港每天穿行在一个又一个秀场里，一边听着别人忽悠，一边也在忽悠别人，然后就把自己的小日子过得有声有色，真是让人羡慕。

我只能做自己擅长的事情，脸皮不够厚，忽悠人的事情还是让冯西港这类人干吧。

张文化说

冯西港说得有道理，脸皮厚点，心宽点，生意就好做了，看来需要学的东西真是太多了，厚脸皮也是一门课程呢。

【画外音】

冯西港每天行走在一个又一个秀场里，听着别人忽悠，同时也在忽悠别人。吕民族则整日忙着算计、利用他人，同时还要把自己化装成一个和蔼善良的人。陈迎宾则步入江湖，自认为找到了一条很特别的事业捷径，忙得不亦乐乎，也顾不上什么道德不道德的了。

这些人都在以各自的方式做着各自的事情，虽然由于道德等方面的原因，都是摆不上桌面的做法，让人看不起。可人家却都生活得很好，不是说善有善报，恶有恶报吗？这个真是很难说，之所以能够一直这样干着，可能说明他们的行为，并没有坏到应该立即受到惩罚的地步。

其实大家都生活在一种惯性状态中。张文化胆小，习惯于按照普遍道德规范来做事。李和平有些保守，习惯于按部就班，又有些浪漫和幻想。而赵河北阅历丰富，做事习惯于审时度势，选择最合适的方式做最应该做的事情。

从中我们可以看出，你要想享有什么样的生活，就得先成为什么样的人，就得先进入什么样的习惯状态中。

每天，早晨起床后，吃过早饭，大家就匆匆忙忙投入到上班的洪流中。从各自家里走出来，先是汇集到一起，然后，又从主流中分出来，分别流入各自的工作地点。等到下班之时，再方向相反地重复这个过程。

这就是城市生活，是每个生活在这里的人的习惯状态。由于太忙了，大家甚至没有时间来考虑一下目前的状态是否合适。

人们对此已经形成了习惯，每天每时都在习惯性地支配着身体做着一个个动作，习惯性地按上司的要求完成一件件工作，然后习惯性地接过月薪，再到商场中进行习惯性的消费。而消费只是为了重复下一个习惯，而给身体补充些能量。

但有的习惯是好的，有用的，而有的习惯则是没用的，或是起副作用的。

城市就是一片片规模不等的混凝土丛林，自然丛林法则在城市里也会起同样的作用，你的习惯若是与规则不相适应，那么这个城市丛林就会惩罚你，甚至让你跌得鼻青脸肿。

城市的最大个性就是冷酷，它要求每位城漂每时每刻都绷紧神经，努力拼杀，你用什么样的习惯性方式奋斗都可以，反正冷酷的城市容不下城漂一族养成“小清新”的习惯。城漂一族没有资格穿着白色棉布裙子，耳朵上面扣个大耳机，站在金灿灿的麦田里，华丽丽的45度角仰望蔚蓝的天空。如果你不是一个富二代，却非要坚持去做纯美、浪漫的“小清新”，那最终结果就只能成为“老沧桑”了。

24. 感谢小人

【画外音】

感谢好人不如感谢小人，因为小人更能推动你进步。

陈迎宾觉得如今已经事业小有成就，应该有资格去实现埋藏在心底的愿望了。

他的愿望就是找到离他而去的女友，向其倾诉这一段时间的艰辛心路，让她重新回到自己的身边，一起享受成功。

女友已经换了手机，联系不上了，陈迎宾只好通过朋友辗转打听，最后得知她已不在北京，一年前就回老家石家庄了。他马上就开车直奔石家庄，要把一个事业非常成功的自己突然呈现在女友的面前，让她震撼之余重回自己的怀抱。

到石家庄后，陈迎宾又仔细打扮了一下，才给女友打电话。女友接了电话，很吃惊，随即说不想见面了，因为不愿意再提及以前的事。

陈迎宾本来就有思想准备，他知道女友肯定会这样。因为在她的印象中，自己还是那个穷小子。

他说只想见上一面，就可以了却心愿，希望对方能理解。

女友犹豫了片刻才答应。

在约定的地点，女友出现了，还是那样清秀，穿衣风格也没变。陈迎宾就要满怀希望地推开车门迎上去，却忽然觉得不对劲，仔细一看，那分明是一个步态缓慢的孕妇。

原来人家已经结婚了。

陈迎宾火热的心一下子就冰冷了，他看着在远处张望的前女友，虽然神态依旧，可面孔上却透出一丝让他说不出的成熟，这成熟让陈迎宾觉得极为陌生，看着看着，竟然恍如隔世。

她已经嫁作人妇，再也不是曾经与他在穷困中相守的那个清纯女友了。陈迎宾失魂落魄地呆坐在车里，竟感觉从车边经过的路人，每个人的嘴角都漾着嘲讽的笑意，老人、孩子，还有中年人，一张张陌生的面孔都在嘲笑他。

他就这样呆坐着，像被冻结住了一样，连女友打过来的电话都没有接。

突然，他发动了汽车，漠然看了一眼还在四处张望的前女友，之后就打转方向，调头走了。

在路上，他给前女友发了一条短信，说："我看到你了，知足了，谢谢你满足了我的愿望。虽然我们以后就是不会有任何生活交集的陌路人，但我还是会把那一段贫困却最美好的时光沉淀在心底。”

从石家庄回京后，陈迎宾丝毫也不沮丧，反而像上足了发条一样，充满力量。张文化问他怎么回事，他笑而不答。

吕民族来电话了，说有事要陈迎宾帮忙。

事情是这样的，吕民族任物业经理的小区南面，又新建起一片高楼，这片高楼挡住了阳光，小区居民要找那片高楼的开发商谈判，索取赔偿。吕民族既是物业经理，又住在小区里，所以居民就让他出面。可吕民族不愿意参与这事，就想让陈迎宾代他去一下。

李和平也是这个小区的业主，他也建议陈迎宾去，因为参与谈判的都是些老人，没有一个反应迅速的人，是谈不出理想结果的。

陈迎宾就说，李老师你不是可以作为代表去谈吗？

李和平老婆说，算了吧，一个书呆子怎能拉下脸谈判呢，他就是一个窝囊废。

谈判之前，居民们先开了一个会，在会上，一位老人说陈迎宾这样的年轻人反应快，又有精力，我们老头老太不行，不会说话。不如就委托陈先生，做我们的专职代表去谈，我们大家就不用去了。

陈迎宾推辞，说这可不行，这责任太大了，我可承担不起，又没时间。

一位老大妈说没时间也得去，你是物业老吕派来的，就要替我们负责，再说我们这些老邻居都相信你。

李和平说，既然你来了，那就先一起去与开发商谈吧，其他的事情以后再说。

谈判时，陈迎宾讲话果然很有条理，那片挡光高楼的开发商又是耍赖又是恐吓，但陈迎宾并不为其所动，因为这类人他见得多了。

虽然没有什么结果，但各位业主都很满意，好多老人就拉住陈迎宾，说接下去的谈判请他代理，业主们为了索赔而捐献上来的经费也都交给他管。

李和平也说，既然大家信任你，你就给大家帮一下忙吧。吕民族还表示，可以从物业公司的专项经费中，付给陈迎宾劳务费。

陈迎宾只好答应，说与那开发商谈判不能总是来硬的，要软硬兼施才行，因此计划买些礼物去找开发商的高层沟通一下。见他答应了，一些业主就说，我们相信你，钱你看着花，想用多少找我们要就是了。

陈迎宾就先要了一万元钱，说是去找开发商和开发商的上级公司，上下打点。

过了几天，陈迎宾又找到业主们，说不久开发商和当地有关部门来检测挡光的具体情况。

业主们都很高兴，说还是这年轻人有办法，吕民族也挺高兴。

不久，就有一群人来到小区，进行入户检测。看到事情有了进展，业主们更高兴了。可陈迎宾在业主开会时说，这还不行，人家还要回去进行研究和计算，我们要加一把劲才行，需要进一步打点。于是业主们就又给了他一万元钱。

李和平私下问陈迎宾，这样行不行，别最后拿不下来反而被动。陈迎宾说没事，放心就是了。

过几天，陈迎宾回到小区，对业主们说，上次的遮光检测有结果了，但下一步还要检测，要取得更为准确一些的数据。在检测前还需要再打点一下，否则这事情会因等待时间长而冷却，那就不好了，业主们就又凑了一万元钱给他。

不久，就有几户被遮光最严重的业主领取到了数万元的赔偿。得到赔偿的人很高兴，说陈迎宾这小伙子真是活雷锋，得好好感谢人家。

但大多数业主都没有得到赔偿，去问开发商时，人家却说你们的维权代表都已经在我们的方案上签字了，这个方案只能赔偿那几户达到标准的，有什么问题你们还是去找维权代表吧。

这时，大家却联系不上陈迎宾了，就去找吕民族，吕民族也找不到他。

一个月后，张文化才找到陈迎宾。李和平问赔偿的事怎么样了，陈迎宾说有几户得到赔偿就已经是最好的结果了，没法再找人家开发商了。

吕民族听说联系上了陈迎宾，就亲自跑过来问，因为他总是被业主围着要说法，烦得够呛。

陈迎宾说后来又去找了开发商，让对方赔偿更多的业主，但开发商很蛮横，还打了自己。为此，以前业主们给的钱住院就医都用掉了。并且还让吕民族告诉业主们，开发商还不肯放过他，所以他要躲开一些日子。

吕民族说这也太离奇了，陈迎宾听了很不高兴，说我为了你的事情，都被人家给欺负成这样了，你不给补偿就罢了，反而还怀疑我，也太过分了，然后就甩手走了。吕民族打电话，陈迎宾也不接了。

吕民族根本就不相信陈迎宾，因为吕陈二人是同一种人，彼此很了解对方的心思。

实际上，陈迎宾确实是以业主维权代表的身份，到开发商那里讨价还价去了，不过对方给了他2万元钱好处费后，他就成了开发商的人了，并且还配合开发商拖住业主，让大家的热情慢慢冷却下来。

打电话陈迎宾不接，吕民族就发短信，质问他是不是得了开发商的好处。

陈迎宾回复说，您就别义正词严了，别人可以，但您可没这个资格问我。

吕民族叹口气，他大半辈子都在算计别人，如今却被小孩子算计了，真是报应。

李和平说陈迎宾这事做得不仗义，张文化说陈迎宾变了，要是这样变下去会很危险。陈迎宾却不以为然，说仗义不当钱花，至于说变了，变有什么不好？怎样做人舒心就怎样变。

【内心独白】

陈迎宾说

我突然觉得自己很可怜，不是可怜自己没钱，而是有钱之后的悲凉。

我的心里一直藏着一个梦，那就是事业有成之后，去迎回女友。可悲哀的是，人家已嫁为人妇，已经不是那个和我相守相伴的女友了。那张面孔看上去没变多少，却极为陌生。

我一下子就认可了"没有钱万万不能，可钱却不是万能的"这句话，钱不能买来逝去的情感，不能换回曾经的女友！

可如果上天给我一个交换机会，一边是我手中的几十万，一边是原来的那个女友，我想，我还是要钱，而不要女友。至于为什么，我说不清。

吕民族说

当我质问陈迎宾时，他却说我没有资格义正词严，别人可以，可我没这个资格。他的这句话字字如针，都快把我给扎透了！

看来我真是活该，这是养虎为患。没想到，我给陈迎宾策划的对付石建设的手段，正好激活了他，后来就回头咬了我一口。那石建设是一个自以为是的白痴，很容易对付，可陈迎宾不是，正相反，这个年纪不大的小孩竟然非常精明。

我这是自作自受啊，无话可说了！

李和平说

陈迎宾和吕民族混在一起，怎么可能学好呢？

【画外音】

现在，我们彻底清楚了吕民族这个人的心态。不过有人可能要说，这样的人极少，毕竟不是人人都心理阴暗，遇到这种人的可能性还是很小的。

这么说是有道理，但还要注意，可能性是没有多大意义的，有意义的只是遇到这种人以后的应对方法，以及没有遇到这种人的运气。

吕民族得知陈迎宾被石建设利用，到上海卧底之后，就看出了其中的机会所在。那时陈迎宾没有多少经验，正急于求得指导，而石建设则是一个自以为是的白痴，很容易对付。他当然不能放过这个难得的机会，于是迅速召回陈迎宾，让他利用石氏企业不能牺牲任何良好形象的特点，以及石建设的弱点，对石氏兄弟进行敲诈。

但是吕民族没想到，他的招数却激活了陈迎宾心中的阴暗面，之后反而利用了他一回，把他搞得灰头土脸。

实际上，我们每个人的心中都会有阴暗的一面。只不过有人尽力控制，不让阴暗心理有任何发挥的机会，而有人则有意发扬那种心理，大行江湖邪招。

吕民族和陈迎宾这样的人，在我们的生活中并不少见，如何与之打交道就成了一个学问，因为你不可能完全与之隔离。

不管怎样，这种人是不能得罪的，也没有必要刺激他们。

一般来说，这类人很敏感，甚至有些人自卑心态还相当严重，如果在不必要的情况下，刺激了他们，或与他们产生了冲突，很可能就会激发起其“斗志”。除非你下决心与之对决，否则还是与其保持一定距离。既不与其过度亲近，也不必刻意疏远。

与这种人交流时也要小心，同他们大讲他人的隐私，大谈他人的不是，就等于自找麻烦。

识读他人内心，进而趋利避害，这是一门很深的学问，别说做一番事业，就是居家过日子也得注意这些。

25. 明白并厚道着

【画外音】

君子和小人在职场中，哪个会发展得更顺利？

有很多公式化的理论认为是君子，说好人有好报。可事实却不一定如此，小人也可以成功，甚至会干得很好。这究竟是怎么回事呢？

陈迎宾的情况让张文化很不开心，他不想自己最要好的朋友变成一个诡诈之徒，却又不知道应该怎样做，才能把陈迎宾拉回到正路上。

直到接了一个电话，张文化才又高兴起来，是赵河北邀他到“山海之风”赏红叶的。

赵河北最近刚刚完成了度假村的扩建，清闲了下来，才有兴致请一些老朋友过来聚聚。在电话里，赵河北说最近感觉自己老了，也越来越有惰性，特别希望与朋友多待会，聊聊天。

张文化到“山海之风”时，李和平已经在那里住了几天。

经过扩建，度假村的规模扩大了一倍多，园中的枫叶已经红黄相间，秋末的海边，让人觉得天高地远。

张文化一见面就给赵河北道喜，祝贺他生意扩大。

赵河北说，这都得益于我的那些文学和书画方面的朋友，他们在这里得到灵感后创作出的作品，在京城里为我做了免费的广告。现在，因书画和小说慕名而来的客人很多，80 多处小院子都住满了，而且预订的都排到春节以后了。

他又对张文化说，看老弟这几个月的变化也很大嘛，瘦了，也更沧桑了。要是对我的项目感兴趣，干脆就参与进来吧，你原来的事情还可以继续做，只要把精力移过来一半即可。

张文化看着赵河北的样子，忽然有一种英雄迟暮的感慨。赵河北也说自己越来越力不从心了，自从过了 70 岁，总是想如孙老那样，久坐在一个地方看风景。他又看着远处靠椅中小睡的孙老，说自己肯定活不到那么大的年纪。李和平等众人都很黯然。

张文化说，特别希望有机会与赵总这样的前辈一起做事，以前总是走弯路，若能在赵总身边，弯路肯定就会少一些，也不会年纪轻轻就如此沧桑了。

晚饭前，李和平约张文化出去散步。

夕阳下，静静的小村镀上了一层金辉，每个小院中的人们都是那么惬意。看到有人躺靠在椅上，悠闲地享受着属于自己的时光，张文化特别羡慕，说什么时候我也能这样就好了。

李和平说那你就过来帮赵总吧。

张文化很难抉择，工作室那边虽然雇有几个员工，但离开自己就运转不灵。若是答应了赵总，就得把工作室关闭，可那里有自己的理想，虽然挣不了几个钱，但要放弃掉还是下不了决心。

一边走，李和平一边感叹张文化的运气好。当初歪打正着地合了石红旗的意，就被调去做图书策划。然后遇到了孙老，从他身上悟出了一个图书选题思路，竟然获得了不小的成功。后来又在不经意间获得了石红旗的好感，被提拔为董事长助理。再后来虽然受到石建设的打击，但上天却打开了另一扇门，不仅开设了自己的工作室，而且经营得风生水起。如今又得到了赵河北的青睐。这样的人生，真是有福。

张文化呵呵一笑，说可能是大家看到我这副蠢笨的样子，可怜我吧。

李和平说做人就得厚道，你厚道别人才愿意接近你。其实你的成功不是歪打正着，而是想的和说的都在点子上，走的也是正路。而陈迎宾就不一样了，他现在看上去也不错，但走的却是一条歪路，这样下去早晚要翻车的。

说着说着，李和平就严肃起来，说："陈迎宾变了，已经不是你原来的那个好朋友了。"

夕阳更红了，照在李和平的脸上，张文化看到了一种从未有过的神情，就问，难道你又听说陈迎宾什么事情了吗？

李和平说，前些天郑海阳到我家时，说了陈迎宾过去的事情，说是石建设酒后告诉她的。原来，陈迎宾去上海的那一年，是被石建设派到竞争对手处做卧底，然后又回来敲诈石家兄弟，而吕民族也参与其中了。

张文化不敢相信，李和平就把来龙去脉详细说给他。

张文化震惊了，他没想到，陈迎宾平静的外表下，竟然掩藏着那么多惊心动魄的事情，也怪不得他突然有了钱。

沉默许久，张文化问："郑海阳的情况怎么样？"

"她已经同石建设在一起了，原来那个很简单的女孩子也已经不存在了。”

如今，郑海阳的单纯已经完全被娇艳所覆盖了，身上穿的挂的尽是名牌。见面时，让李丽好生羡慕。当李丽问起她的收入情况，郑海阳就很炫耀地说，虽然收入不少，可却不一定够用呢。

李丽问收入多少不够用，郑海阳就给她算了一笔账。说现在一个月税后收入能有15000元左右，但买了房买了车，即使养车和通讯费用都可以在公司报销，每个月还是存不下钱。房子是贷款买的，每个月银行要划走5000元的按揭，每个月可以支配的收入就只有10000元了。购日常用品要用掉2000元，请客是少不了的，要用掉2000元，买衣服饰物也是一笔不小的花销，要用掉2000元，物业费用是1000多元，剩下的一些基本上都用在游玩和朋友结婚、生日送礼等事情上了。

然后又故作姿态地说，生活在这样一个城市里，处处都需要用钱，穷人和富人都得遵守同差效应，所以都会钱紧啊。

李丽问李和平，啥是同差效应，李和平也不知道。

郑海阳扬着下巴说，穷人的生活基本上都比富人简单一些，比如穷人每月收入1000元，他用掉900元就能维持生活了。可富人每月若是收入10万元，用掉的却不是900元，可能是8万元，也可能是10万元，这就是我说的同差效应。

李丽更羡慕，说我宁可做富人，每月挣10万花10万，也不愿意做穷人，每月挣1000存100。

看着郑海阳炫耀，李和平则是另一种心情，什么话都说不出，喉咙堵得难受。好好的一个孩子变成这样，他不知道应该怨谁，恨这个城市？恨石建设？都没必要，而且郑海阳现在不也感觉很快乐吗？

对于发生在陈迎宾和郑海阳身上的变化，张李二人都很难受。难以接受的是，陈迎宾原来是很真挚的人，竟然变得比吕民族还诡诈，而郑海阳一个本来很清纯的女孩，也成了陪同石建设纸醉金迷的玩伴。

远处，孙老坐在观景廊里的躺椅上，轻轻的海风吹动树叶，红的黄的落了一地，有的就落在老人的身上。

其他院落中，有的小孩子在欢快地跑着笑着，有的年轻伴侣拥在一起。看着这一切，张文化的心中又生发出一种非常熟悉的凄凉，这感觉与那年他在陈迎宾的半地下室中一样。是心被猛然提起，又瞬间扔下的感觉，提起时心悸得要命，扔下时又空落落的，好像一切都失去了。

“不行，我要回北京，要同陈迎宾谈谈！”张文化急切地说，于是晚饭也没吃，就匆匆辞别赵河北开车回北京。

出发前，他让陈迎宾去工作室等，然后就一路飞奔。

路上，张文化开着车窗，风狂暴地吹在脸上，但这也没能让他放松些。

几个月中，陈迎宾这个最好的朋友已经渐渐远去，甚至成了一个陌生人。还能把他拉回来吗？如果不能，以后就道不同不相为谋了。不行，一定要和陈迎宾好好谈谈，一定要从那条江湖路上，把他拉回来。

当初离开家乡，一起在京城漂泊，哭着，喊着，笑着，骂着，为的是什么？曾经一起为了事业而坚持着，即使被误解被嘲笑也不放弃。曾经一起为理想而前行，即使一再挫折也不背叛初衷，只有最要好的朋友才能这样。

来自四面八方的人，聚集这个城市里，只因这里集中了太多的机遇。张文化和陈迎宾同这些人一起，辛勤地耕耘着这片广阔的机遇土壤。努力之后，或是享受成功喜悦，一起欢愉，或是承受失败的苦痛，一起深思。

这是多么恢宏又悲壮的大场面，大家在同一个城市中，走在不同的人生轨迹上，经受着各自的迷惘，承受着不同的困顿。但能与至交好友一同经历起起落落，又是多么难得的人生片段。

如果几十年后一起回到故乡，泡一杯茶，聊起这段经历，各自的儿孙聚在身边，该有多幸福。几位老人告诉一群后辈，当初是如何一起边哭边唱，共同激励，慢慢超越，最终把梦想变成现实。

心思烦乱的张文化只用两个多小时，就赶回了工作室。一见面，就对陈迎宾说："你卧底和敲诈的事情我都知道了，你现在做的那个所谓的法律咨询，走的肯定也不是正路。听我的，停手吧，咱们的'北京梦'不能这样做。"

看着张文化被风吹乱的头发，吹得通红的眼睛，陈迎宾愣住了，等明白了张文化的心意，就说："我当是什么事情，这值得你大惊小怪嘛，又不是我一个人这样做，大家不都这样嘛。这就是俗话说的'尔虞我诈'，你不做自有别人去做，而且也不会因为你厚道就不来'诈'你。与其让别人这样对付我，不如我也入这条道。"

"那你入股这 15 万也是'诈'来的吧？"

"我明白你的想法，你看不起我，嫌我不干净，可谁是干净的？只这一栋楼里大小老板就有几百位，哪个身上是干净的？你再往外看，那些为生存而奔波中的普通人，虽然干净，可活得多费劲！"

陈迎宾也有情绪了，好像是张文化勾起了他心底无尽的委屈。

"其实，你完全不必这样，为什么非要逼着自己行走江湖，为什么非要和吕民族那样的人一起混呢？"张文化并非不理解陈迎宾的难处，所以口气缓和了许多。

陈迎宾却更激动了："走这条路我愿意吗？我不想轻松点？我也是不

得已。当初我规规矩矩，可结果穷得女友病了都没钱去医院，穷得所有人都看不起。那时没有机会发展，任何一条上升的通路都是死胡同，即使是通途也没有资本上路，就只好远去上海，为石家做那种见不得阳光的事情。我当然知道做了以后，这一生永远都要背负恶名，但没办法啊！是的，我变了，从答应石建设的时候起就变坏了，从踏上去上海火车时起就变得铁石心肠了。"

陈迎宾情绪激昂，好像有理的是他，而灰头土脸的张文化则像无中生有地指责了一个很正经的人。

张文化刚才在回京路上想了好多要说的话，却一时语塞。他扭头看着窗外，华灯初上，街上车流滚滚，下班的人流涌动，远处公交换乘站更是聚成了人海。

陈迎宾指着下面说："我想从人海里面爬出来，不想再灰头土脸，可是没别的路可走，只好这样。我甚至比你想的还奸诈，就连一直教唆我的吕民族，也被我给骗了。当初他帮助我敲诈石建设，说要是拿到的钱超过 15 万，额外的部分俩人平分，后来我对他说拿到 15 万，实际上得到的是 40 万。你说我和吕民族同流合污，那不是损我吗？就他那水平配和我混吗？"

张文化已经平和下来了，说："我只是无法接受现在的陈迎宾……"

不等张文化说完，陈迎宾说："你那个好朋友陈迎宾已经死了，是穷死的！现在我只是一个不择手段、唯利是图的小人。我知道你们都看不起我，你是一个理想化的人，容不得我这样一个脏人。好吧，我离开你们，免得污染了你们，或者不由自主地针对你们使手段。从现在开始，我们两个人就不是朋友了！"

陈迎宾走了，张文化没想到他内心蕴藏着如此大的压力，而压力之下却是无尽的委屈，并且把这委屈当做动力，推动着自己在那条路上越走越远。

透过窗子向远处望去，那片人海剧烈地涌动着，因为有公交车进站了，为了能挤上去，好多人叫着，骂着，更有人从车窗爬进去。

陈迎宾走到停车场，不一会就开车融入到车流中，远去了。

张文化非常痛苦，合上眼睛，就想起了他和陈迎宾都非常熟悉的那个旋律，眼泪也不由自主地淌了下来。

朋友一生一起走，那些日子不再有，一句话，一辈子，一生情，一杯酒。朋友不曾孤单过，一声朋友你会懂，还有伤，还有痛，还要走，还有我……

【内心独白】

赵河北说

在京城漂来漂去的年轻人，都是在为了欲望而奔波着，大家都为了自己的欲望而活着，所以人为财死，鸟为食亡是有道理的。但要是想发展得更顺利，活得内心更加安宁，就要活得明白，并且还要厚道。

李和平说

一直觉得张文化是运气好，但他更得益于做人厚道。只有你做人厚道，别人才愿意与你合作。

陈迎宾说

他们都看不起我，觉得我不干净，问题是谁干净？这职场里有干净的人吗？

再说了，我愿意走这条肮脏的江湖路吗？当初我活得那么规矩，可女友病了都没钱去医院，谁能看得起我，所以我不得不铁石心肠。

张文化说

陈迎宾一定是受了很多委屈，可你不能因为受了委屈就怨恨这个江湖。不是江湖害了你，是你的心理太阴暗了！我总是幻想一个场景，那就是几十年后，与陈迎宾等好友回到故乡，聊起年轻时的岁月，那感觉该有多幸福啊。看来不行了，我们在起点就分道扬镳了。

【画外音】

每个人都在寻找着自己的机会，机会使人疯狂，机会能够改变人生。

张文化与陈迎宾的事业发展道路注定不会重合了，或许他们的人生之路也不再有交集，对于这两个以心相交的好朋友来说，真是太遗憾了。

但没办法，陈迎宾已经越来越偏激，当张文化不理解他的选择，并要他放弃已作出的选择时，陈迎宾就选择了走开，因为他同时也无法接受张文化的清高。

李和平曾经对张文化说，人对机会的选择其实是无能为力的。有人说，应该主动创造机会，但这不过是痴人说梦。

而张文化认为，一定程度上机会是可以创造的。李和平也有偏激之处，他的话也不能全信。

但李和平的另一半话张文化却深深认同，他说机会毫无公平可言，其本质也是残酷的，甚至不通人性，我们的一生都与此相关，苦痛和欢欣，都是因为机会不通人性。

陈迎宾对于机会的选择，让他走上了一条让张文化无法理解的江湖路，让张文化痛心疾首。

陈迎宾认为找到了属于自己的机会，走上了自己的路，这条路张文化无法理解，但陈迎宾却可以理解。你说那是条邪路，那我就自愿做小人吧，做君子又有什么了不起，君子称号能当饭吃？能当酒喝？

道不同不相为谋，只可怜了这对曾经患难的好朋友。

所谓小人，应该是那些失去了基本道德意识，做任何事都没有道德负担，根本也不在意良心谴责的人。从这个角度说，陈迎宾并不算小人。

为了满足自我私欲，追求成功，他们会不择手段，往往心胸狭隘、神经敏锐，眼光总是游移在利益争夺间。这么看来，陈迎宾又在其中了。

小人身上也有君子之风，有时他们颇具魅力，道貌岸然地行走于城市的每个角落，甚至才华横溢，为人敬重。

有人说，在成功者身上，大致都能找出三成的小人基因，其余七成才是君子基因。

真君子和真小人不多，绝对的君子和完全的小人是不存在的。绝大多数人都是集君子与小人于一身，你不能说谁就是完全的小人、坏人，也不能说谁是完全的君子、好人。

好人有时也是小人，只不过他的小人行为你没看到。坏人有时也是君子，只不过他的君子风度很少有人相信。

若每个人都有一个脸谱就好了，我们就可以按照标记与身边的人打交道。噢，这是位君子，我就同他合作。哦，那是个小人，我要离他远一些才行。

现实生活中，君子和小人之间是时刻转换、渗透的，而君子未必就一定能成功，成功的不一定就是君子，小人也未必就不能获得成功。

人为财死，鸟为食亡，都是欲望惹的事端，小人也好，君子也罢，哪种人都不会在内心鄙弃钱财。在这一点上，张文化、陈迎宾和李和平三人是一样的，大家都在京城漂来漂去，都在为了各自的欲望继续奔波着。

但若想行走得更顺利，内心更安宁，“明白并厚道着”应该是个不错的选择。

其实，这不应该是尾声，因为故事并没有结束。生活还在继续，张文化和陈迎宾、李和平等人还要为各自的想法而奔波。

虽然，每天的太阳还是要照常升起，但昨天的失落和得意都是过去。早晨起床后，就不要再纠结于昨天的心情了，不管是整理创伤，还是弹冠相庆，这些事必须要在昨天晚上睡觉之前完成。

现在，张文化、陈迎宾和李和平都已经是所谓的白领、骨干、精英了，但他们并不感觉作为“白骨精”是件多么幸福的事情。

是啊，在这个城市里，虽然大家都在争取成功上位，可“白骨精”和“小妖怪”各有烦恼，也各有快乐。别把什么精英不精英的太当回事，那只是个“秀”而已，你要是陷入到这个城市的秀场里而过于自我感觉良好，那就不妙了。

张文化的事业小有所成，从一个小喽啰成长为一个小老板，做着自己理想中想做的事情，以及为了生存而必须做的事情，而且还做得比较顺利。但他总觉得有许多应该做的事情还没做，心里总是空落落的。那个半地下室窄窄的小窗透过来的一缕残阳，总是笼罩在心头，挥之不去。为什么会这样，他无法给自己一个合理的解释。

按照陈迎宾的小算盘，他也算成功。自从在石建设那里虎口取食，淘到了第一桶金，他就顺着那条江湖之道一路走下去了。虽然对于张文化和李和平来说，那些事情惊心动魄，可陈迎宾却越来越有心得。陈迎宾的遗憾也不少，他失去了张文化这个最要好的朋友，也失去了女友。为此，他的内心充满了愤懑，这个城市给他带来了金钱，也带来了屈辱。如今，他经常想的不是曾经的抱负，而是报复。既然丢掉的再也取不回来，他就要用其他方式来求得满足。

李和平的起伏最小，走得最平稳。他通过自身的努力，以及来自赵河北和张文化的支持，事业上稳步发展。当生活有了起色，老婆就不再絮絮叨叨，还允许他写诗了，甚至有时竟然颇为欣赏地听他读诗。为此，李和平非常满足，说人生得意不过如此，老婆孩子都能高高兴兴的，自己也就没有什么可遗憾的了。

李和平得知张文化和陈迎宾二人闹翻后，就跑过去说和。

当他说到对目前生活状态很满足时，陈迎宾却说，满足？笑话！这世界上最可笑的事情就是，你身边的人都知道了真相，只有你一个人还在说谎，而且还说得那么真诚，那么深沉。

于是，李和平就无话可说了。他只好去找张文化，试图让张文化主动找陈迎宾沟通。

可张文化却问他，你知道现在对我来说什么才是奢侈品吗？

张文化从来不说这类不三不四的话啊！李和平盯着张文化那似是而非的表情，愣住了。

张文化说，凡是你想要却得不到的，都算是奢侈品。你老兄的奢侈品可能是一栋别墅，或是孩子的一张满分试卷，可我现在的奢侈品只是一场好睡眠。让我安静一会吧，我特别想睡个好觉，明天还有好多事情要做呢。

李和平还是不理解，张文化就说，我不再怀念过去了，因为不想让生活永远停留在昨天。

李和平明白了，说好吧，就让我一个人停留在昨天吧，我喜欢这样。

图书在版编目（CIP）数据

菜鸟也疯狂——三个京漂的“白骨精”之路/王鹤然著.
— 哈尔滨： 黑龙江教育出版社，2012.7
ISBN 978-7-5316-6539-7

Ⅰ. ①菜… Ⅱ. ①王… Ⅲ. ①长篇小说—中国—当代
Ⅳ. ①I247.5

中国版本图书馆 CIP 数据核字(2012)第 174887 号

菜鸟也疯狂
——三个京漂的“白骨精”之路
CAINIAO YE FENGKUANG
——SANGE JINGPIAODE “BAIGUJING” ZHILU

作　　者 王鹤然
选题策划 彭剑飞
责任编辑 宋舒白　彭剑飞
封面设计 冯军辉
责任校对 石　英
出版发行 黑龙江教育出版社(哈尔滨市南岗区花园街 158 号)
印　　刷 北京市文林印务有限公司印刷
开　　本 700×1000　1/16
印　　张 15
字　　数 174 千
版　　次 2012 年 10 月第 1 版　2012 年 10 月第 1 次印刷
书　　号 ISBN 978-7-5316-6539-7
定　　价 29.80 元